지구만큼 슬펐다고 한다
신철규 시집

문학동네시인선 096 신철규
지구만큼 슬펐다고 한다

시인의 말

떠들썩한 술자리에서 혼자 빠져나와
이 세상에 없는 이름들을 가만히 되뇌곤 했다.
그 이름마저 사라질까봐, 두려웠기 때문이다.

절벽 끝에 서 있는 사람을 잠깐 뒤돌아보게 하는 것,
다만 반걸음이라도 뒤로 물러서게 하는 것,
그것이 시일 것이라고 오래 생각했다.

숨을 곳도 없이
길바닥에서 울고 있는 사람들이
더는 생겨나지 않는 세상이
언젠가는 와야 한다는 믿음을 버리지 않겠다.

하늘에 있는 마리와 동식이에게
그리고 고향에 계신 할머니께
이 시집이 따스한 안부가 되었으면 좋겠다.

2017년 7월
신철규

차례

2부 우리는 혼혈이 되어야 합니까

3부 그때부터 우리는 모두 벽이 되었다

1부

우리가 고개를 숙일 때

소행성

우리가 사는 별은 너무 작아서
의자만 뒤로 계속 물리면 하루종일 석양을 볼 수 있다.*

우리가 사는 별은 너무 작아서
너와 나는 이 별의 반대편에 집을 짓고 산다.
내가 밤이면 너는 낮이어서
내가 캄캄하면 너는 환해서
우리의 눈동자는 조금씩 희미해지거나 짙어졌다.

우리가 사는 별은 너무 작아서
적도까지 몇 발자국이면 걸어갈 수 있다.
금방 입었던 털외투를 다시 벗어 손에 걸고 적도를 지날 때
우리의 살갗은 급격히 뜨거워지고 또 금세 얼어붙는다.
우리는 녹아가는 얼음 위에서 서로를 부둥켜안는다.

나는 네게 하루에 하나씩
재미있고 우스운 이야기를 들려준다,
네가 못 보고 지나친 유성에 대해
행성의 반대편에만 잠시 들렀다가 떠난 외계인들에 대해.
너는 거짓말하지 마, 라며 손사래를 친다.

바다가 있으면 좋겠다,
너와 나 사이에

너에게 한없이 헤엄쳐갈 수 있는 바다가
간간이 파도가 높아서 포기해버리고 싶은 바다가.

우리는 금세 등을 맞대고 있다가도 조금씩 가까워지려는
입술이 된다.

지구의 둘레만큼 긴 칼로 사람을 찌른다고 해서 죄책감
이 사라질까.
죄책감은 칼의 길이에 비례하는 것일까.

우리가 사는 별은 너무 작아서
네 꿈속의 유일한 등장인물은 나.
우리는 마주보며 서로의 지나간 죄에 밑줄을 긋는다.

* 생텍쥐페리, 『어린 왕자』.

권총과 장미

포개놓은 접시처럼 단단하면서도 위태로운 장미의 꽃잎

손가락으로 권총 모양을 만들어 겨누었는데
폭격이 시작된다
봄은 전방위적으로 와서 무작위로 쓸려내려간다

세계는 피의 정원
권총을 장미로 장식한다고 해서 총구에서 꽃이 피는 것
은 아니다
총구를 손가락으로 막을 수는 없다
심장과 총구의 거리는 줄어들지 않는다
장미 꽃다발에서 권총을 꺼내 누군가의 심장을 겨누는 시
절은 갔다

표적도 없이 밤의 아가리에 실탄을 쏘아댈 때
총구에서 붉고 노란 장미가 피어났다
달아오른 총구는 오랫동안 식지 않았다 덜덜거리는
오른쪽 어깨를 부여잡고 잠이 들었다

권총을 자신의 관자놀이에 겨누고 널 사랑해
두 손을 모아 장미꽃을 바치며 널 사랑해
우리는 서로의 눈이 아니라 발밑을 보며 춤을 추고 있었지

권총을 들고 우는 사람
자신의 발끝을 보면서 맹수의 송곳니 같은 방아쇠를 당
긴다
심장이 멈출 때까지
관자놀이에서 쿨럭거리며 장미가 피어난다

자꾸만 아래로 가라앉는 눈꺼풀처럼 장미는 시들고
검게 타들어간다

봄의 야윈 손목에 수갑이 채워진다

식탁의 기도

세상에서 가장 긴 식탁에 앉아 밥을 먹는다
기도하는 두 손에서 솟아나는 또다른 두 손

높은 성에 사는 귀족들은
왜 그렇게 긴 식탁에서 밥을 먹었을까
기도가 끝날 때까지 얼마나 많은 침을 삼켰을까

소방차의 사이렌 소리가 저녁의 공기를 뒤흔들고 지나간다
놀이터에서 뛰어놀던 아이들의 웃음소리가 그치고
시소의 한쪽 끝에 앉아 반대편 의자 위에 걸터앉은 붉은
해를 바라보던 한 아이는 울음을 터뜨린다

우리가 밥을 먹으려고 고개를 숙일 때 이 세계의 울음과
단식은 사라진다
내가 고개를 숙일 때 당신은
사막이었다가 사막의 선인장이었다가 사막의 밤을 횡단하
는 기구(氣球)였다가 금방이라도 녹아내릴 눈사람이었다가

우리는 이 세계의 아름다움에 대해 말한 책을 매일 한 권
씩 버렸다
마지막으로 텅 빈 책장마저 썩어 무너지면
우리는 꿈속에서 서로의 손가락을 가위로 잘랐다

연한 입이 딱딱한 부리가 될 때까지
우리는 씹고 또 씹었다
서로 조금만 뒤로 물러난다면 우리는 등을 맞대고 밥을
먹을지도 모른다

밥을 다 먹고 설거지를 하고 배가 꺼지면 우리는 또 식탁
에 지도를 펴놓고 이민에 대해 이야기할 것이다

우리는 뜨거운 밀랍을 귀에 붓고 딱딱한 기도를 한다
이 세계를 떠나지 못한 이들을 위해
손가락을 뚝뚝 분지르며

프롬프터

내 머릿속엔 달싹거리는 입술이 있습니다.

모든 신경은 분명한 발음에만 집중되어 있습니다.

너는 무대 뒤 검은 커튼 뒤에 숨어 내게 속삭입니다.

넌 나의 인형이야, 넌 내가 없으면 아무것도 아니야.

블라인드 틈으로 지켜보는 눈이 있습니다.

글자들은 너무 빨리 지나갑니다.

영원히 결승선에 도달하지 못하는 마라톤 주자처럼 나는 항상 뒤처집니다.

글자가 지나가지 않으면 나는 생각을 하지 않습니다.

가면 뒤의 얼굴 얼굴 뒤의 가면.

거울 속에는 뒤통수밖에 담겨 있지 않습니다.*

당신들은 나의 말을 받아 적느라 고개를 들 수가 없군요.

내 눈에서 모래가 줄줄 흘러내립니다.

나는 흐르는 모래를 닦지 않습니다.

나는 또다른 가면을 만들고 있는 중입니다.

난독증에 시달리는 찌푸린 미간은 쉽게 펴지지 않습니다.

* 르네 마그리트의 그림, 〈재현의 불가능〉.

벌거벗은 모자

모자는 언제나 나의 머리 꼭대기보다 높은 곳에 있습니다
나는 모자의 하수인입니다

모자에서 팔다리가 나오고 몸이 불쑥 솟아납니다
얼굴은 가장 나중에 나옵니다
당신은 모자로 얼굴을 가리고 까르르 웃습니다

모자 속에는 많은 것을 숨길 수 있습니다
늘씬한 미녀
카이저수염을 기른 독재자
둥근 민머리
가끔 얌전하게 숨어 있던 비둘기가 날아가기도 합니다

모자를 쓰면 왠지 편안해집니다
모자를 쓴 사람에게는 함부로 말을 걸지 않습니다

모자를 벗으면 사람들은 겸손해집니다
벗은 모자를 가슴에 안고 굽실거립니다
걸인들은 자신의 머리맡에 모자를 놓고 엎드립니다

어젯밤 꿈속에서 당신은 모자를 쓰고 물속으로 걸어들어
갔습니다
당신은 물속으로 가라앉고 모자만 떠 있었습니다

당신은 금방이라도 돌아올 것처럼 모자를 탁자 위에 올려두고 갔군요

　당신이 써놓은 메모를 찢어서 모자에 넣습니다
　다시 손을 넣어 꺼내보면 나의 심장이 피를 흘리고 있습니다

　공중에 뜬 모자가 걸어갑니다

생각의 위로

저녁 뉴스를 보다가 베란다에 나가 세상을 바라본다
어두운 골목에 가로등이 하나둘 켜진다

오늘도 누군가 옥상에서 지상으로 몸을 던졌다
가해자에게도 피해자에게도 이 세계는 지옥이었다
자신의 몸에 불을 지른 사람은 불을 끄기 위해 바닥에 뒹
굴다가 간신히 목숨을 건졌다
살 타는 냄새가 화면을 뚫고 나와 거실을 가득 메운다
가슴 안에 불을 담고 사는 사람
고개를 숙이고 자신 안의 절벽을 바라보는 사람
오늘도 누군가는 사랑의 기억으로 옛 애인의 집 유리창
에 돌을 던지고
그녀는 유리 파편을 씹으며 사랑의 기억을 지운다

마음을 받아주지 않아 몸에 불을 지르고
몸을 받아주지 않아 마음은 잿더미가 된다

나는 새로 도배된 벽 앞에 서 있다
이전의 벽지 문양은 떠오르지 않는다
벽은 끊임없이 나의 기억을 지운다
자신이 고독하다는 생각이 그 고독에서 벗어나게 해줄 때
가 있다

낮에는 복음(福音)을 전하러 왔던 사람들을 돌려보냈다
속옷만 걸친 왜소한 몸을 보고 그들은 흠칫 놀랐다
아무도 없어요?
그들은 열린 문틈으로 내 뒤를 곁눈질하고 나는 그들 뒤
에 숨은 신을 의심한다
네, 아무도 없어요.
뒷걸음치다 벽에 부딪친 짐승처럼 그들의 눈빛이 떨렸다

복도 난간에 놓여 있던 제라늄 화분이 떨어졌다
산산조각 난 화분 가운데
제라늄이 벌거벗고 바닥에 누워 있었다
뿌리를 감싸고 있던 흙이 피처럼 흩어져 있었다

위층에서 드릴 소리가 요란하다
나의 천장은 당신의 바닥
아내는 중국 유학생들에게 한국어를 가르친다
그들에게 한국어는 언제쯤 소음이 아니게 될까

유리컵을 부서지기 직전까지 꽉 움켜쥔다
젖은 얼굴
차가운 손바닥
나라는 것을 엎어버린다면 어디까지 흘러갈 수 있을까

밤늦게 돌아온 아내가
옷도 갈아입지 않고 침대에 눕는다
내가 지금 부여잡은 당신의 손
한 손으로 당신의 손을 잡았을 때 다른 손은 빈손이 된다
그 수많은 손금 중에
내 것과 똑같은 것이 하나는 있을 거라는 생각
당신의 손금을 손끝으로 따라가다
어디쯤에서 우리가 만났을지 가늠해본다
서로의 머리카락을 묶고 자면 우리는 같은 꿈을 꾸게 될까

밤하늘은 별의 공동묘지
이 별에는 어떤 묘비명이 새겨질까
별의 잿더미가 이 방안을 가득 채우고 있다
까마득히 먼 거리가
별들이 태어나고 사라지는 소음을 삼키고 있다
빈 그네가 시계추처럼 흔들린다

눈물의 중력

십자가는 높은 곳에 있고
밤은 달을 거대한 숟가락으로 파먹는다

한 사람이 엎드려서 울고 있다

눈물이 땅속으로 스며드는 것을 막으려고
흐르는 눈물을 두 손으로 받고 있다

문득 뒤돌아보는 자의 얼굴이 하얗게 굳어갈 때
바닥 모를 슬픔이 눈부셔서 온몸이 허물어질 때

어떤 눈물은 너무 무거워서 엎드려 울 수밖에 없다

눈을 감으면 물에 불은 나무토막 하나가 눈 속을 떠다닌다

신이 그의 등에 걸터앉아 있기라도 하듯
그의 허리는 펴지지 않는다

못 박힐 손과 발을 몸안으로 말아넣고
그는 돌처럼 단단한 눈물방울이 되어간다

밤은,
달이 뿔이 될 때까지 숟가락질을 멈추지 않는다

모래의 집

아이 둘이 모래 위에 집을 짓는다
약간의 물기가 있는 모래로

흙과 자갈 사이에는 무수한 크기의 모래 알갱이가 있습
니다

한 움큼씩 떠올린 모래로 모래산이 만들어진다
토닥토닥 열 손가락을 쫙 펴고
흥겹게 노래를 부르며

딱딱해진 케이크 같은 모래에 구멍을 뚫는다
구멍은 창이 되고 문이 되고 방이 된다

작대기 하나로 깃대를 세우고 비닐 조각으로 깃발을 만
든다
이 세계에 없는 나라가 만들어진다

아이들이 손뼉을 치며 발을 구른다

멀리 있던 파도가 가까워질수록 아이들은 울상이 된다
평화롭게 펼쳐져 있던 색색의 파라솔들이 접힌다
출정을 앞둔 중세 기사의 창처럼 뾰족해진다
이 세계에 없는 나라가 위태롭다

아이들이 작대기로 금을 그으며 파도를 향해 손사래를 친다
파도는 삼각의 뿔을 세우고 달려온다

파도가 덮치기 전에 아이들은 모래의 집을 허문다
자신들의 손바닥과 발바닥으로 지은 집을

아이들은 파도에 손을 씻고 집으로 돌아간다
시멘트처럼 굳은 표정으로
금방이라도 쩍쩍 갈라질 것 같은 얼굴로

샌드위치맨

그는 무심과 무관심 사이에 있다
그는 좀더 투명해져야만 한다

그는 처음에 모자와 마스크로 변장을 했지만
오히려 아무것도 하지 않는 것이 최선의 변장이란 것을
깨닫는다
그는 아침마다 거울을 보고 입술을 지운다

그는 앞뒤를 구분하지 못한다
그는 말과 말 사이에 갇혀 걷는다
말의 고삐에 꿰여 말의 채찍질을 받으며

그는 납작해진다
그는 양면이 인쇄된 종이가 된다
사람들이 그를 밟고 간다
그의 온몸은 발자국투성이다

어제는 피켓을 든 한 무리의 시위대와 함께 걸었다
그는 목소리가 없어 추방당했다

그는 앞뒤로 걸친 간판을 벗고 그늘에 앉는다

건물과 건물 사이에 낀 그늘

그림자와 그림자가 겹쳐 더욱 짙어지는 그늘

시선의 거미줄에서 풀려난 그의 몸이 점점 두툼해진다

다리 위에서

자동차 앞유리창에 빗방울이 점점이 박힌다
꽉 막힌 다리 위에서 우리는 어디로도 갈 수 없었다

흐린 하늘에 철새떼가 지나간다
한 무리의 새떼가 날아가고 간간이 뒤처진 새들이 그뒤
를 따른다
언제나 앞서가는 것들은 몸속에 나침반이라도 들어 있는
듯이 단호하고 질서정연하다
뒤처진 새들의 비관과 자기 위로가 뒤섞인 중얼거림을 듣
는다

터질 것 같은 심장을 부여잡지도 못하고
눈꺼풀 위를 덮어오는 땀을 닦지도 못하고
두 날개를 조급하게 위아래로 퍼덕이며 날아가고 있다

한 마리, 한 마리, 또 한 마리

저게 마지막이겠지, 하는 예상은 번번이 어긋난다
그들이 먹이를 구하고 한 계절을 보낼 안식처가 그동안 사
막이 되었는지도 모르고
오로지 믿음 하나로 앞으로 나아가는 것들
그들이 떠나온 세계에는 텅 빈 새장만 남아 있다

나는 가장 뒤처진 새의 꽁무니를 시야에서 사라질 때까지 ─
검지로 천천히 밀어주었다

　역전과 추월이 불가능한 세계에서 우리는
옴짝달싹도 하지 못하고 앞차의 꽁무니만 바라보고 있다

　나는 핸들을 놓고 두 팔을 허우적거리다가
뒤쪽에서 울리는 경적 소리에 다시 핸들을 꽉, 부여잡는다

─

단종

태풍이 북상중이다
더운 바람과 차가운 바람이 드잡이를 한다
다급한 수신호를 하듯 구름은 빠르게 모였다가 흩어진다
콧수염 모양의 구름이 금세 누군가 벗어놓고 간 브래지어
모양으로 바뀌어 공중에 걸려 있다
뜨거운 기운이 사라지면
태풍은 꽃잎 하나 떨어뜨리지 못하고 시들 것이다

옥상정원,
꽃나무 주위에 벌들이 잉잉거린다 진초록 잎들은 거들떠
보지도 않고
붉은 백일홍 앞에서 맴을 돈다
이제 백일도 얼마 안 남았다고
내게 더 많은 꿀을 달라고
네 몸을 더럽히겠다고

지빠귀가 날아와 벌 한 마리를 낚아챈다
철제 난간에 앉아
퍼덕거리는 벌을 딱딱한 부리 사이에 잠시 물고 있다가
꿀꺽, 삼킨다 검은 눈동자
천천히 구르며 햇살에 뿌옇게 빛난다

빨래는 북서쪽을 향해 맹렬하게 나부낀다

젖은 몸을 달라고
저 바람의 동굴 속으로 들어가게 해달라고
내 몸을 더럽히겠다고

구름의 테두리가 잿빛으로 변해간다
썩은 복숭아처럼
채찍을 기다리는 순한 짐승처럼

그러나 어떤 짐승도 가만히 엎드려 재앙을 기다리지 않
는다

난간을 박차고 지빠귀는 다시 어딘가로 날아간다
빨래건조대 받침대에 눌러놓은 벽돌, 들썩거린다

다족의 천사

김이 서리자 거울에 휘갈겼던 글자들이 돋아난다 누군가
거울 속으로 뛰어들었다, 파문은
오래가지 않았다

샤워기로 거울을 닦는다
내 얼굴에 닿는 물줄기가 조금도 따갑지 않다

물대포가 시위대를 집요하게 쫓으며 때린다
경찰 버스에 올라타고 있던 사람이 굴러떨어진다 안경이
날아가고 입이 퉁퉁 붓는다 시위대가 경찰 버스에
달라붙는다 뒤집혀진 벌레가 버둥거린다

높은 곳에 있다고 해서 다 천사는 아니다
날개 잃은 천사들이 축축한 몸을 끌고 거리로 몰려나온다

거울은 매끄럽고 단단하다
내가 지금 꼼짝할 수 없는 것은 거울 속의 내가
고개를 숙이고 있기 때문이다
울고 있는 거울을 이마로 들이받는다
눈 속에서 돋아나는 고드름
색깔을 가진 것만이 단단한 것은 아니다

파문이 멈춘 후에도 여전히 나는 가라앉고 있다

바닥은
아직 멀었다

금이 간 거울의 중심에서
거미가 이빨을 드러내고 웃고 있다
고개를 들고 침을 뱉어도 사라지지 않는다

나는 거미줄에 걸린 나방처럼 퍼덕거린다
거미줄 같은 금을 따라 피가 번진다

얼굴에서 수많은 다리가 돋아나기 시작한다

불청객

우리는 어두운 야외의 테이블에 둘러앉았다

사람들이 하나둘 모여들 때마다 의자를 새로 꺼냈다

남아 있는 의자가 없을 때까지 사람들이 왔다

촛불이 둥글고 환한, 빛의 풍선을 불었다

사람들의 눈은 보이지 않고 입만 움직였다

저기 언덕에 있는 집은 밤마다 붉은빛을 내뿜어요

울타리가 너무 낮은 것 아닐까요?

어둠 속에서 소리가 나자 우리는 서로의 입을 가렸다

거기 누구예요?

일제히 소리를 질렀으나 대답이 없었다

대답이 없는 시간이 길어질수록 우리의 혀는 굳어갔다

걸음 소리가 선명해질수록 우리는 하얀 석고상이 되어갔다

누구도 선뜻 의자에서 일어서지 않았다

우리의 심장은 너무 빨리 뛰어서 너덜너덜해졌다

문을 사이에 두고 양쪽에서 힘주어 손잡이를 당기는 두
사람처럼

우리의 손바닥에는 끈적끈적한 땀이 흐르고 있었다

연기로 가득한 방

얼음은 얼음이 되려고 언제 마음을 먹게 되는 것일까

출렁이던 물이 빙점을 넘어서기 시작한다
출렁거림이 잦아들고 고요한 침묵이 심장이 된다
투명한 물에 흰색이 퍼져나간다
물보다 뚱뚱해진다

눈꺼풀 위에 얼음을 올려둔다
눈동자 위로 빙하가 흘러간다
붉은 호수에 떠 있는 것 같아서 나는 버둥거린다

얼음을 한가득 입에 문다 입천장과 혓바닥이 얼얼하다 입
속 살갗이 차갑게 마비된다
가시 돋친 선인장을 삼킨 것처럼

얼음을 깨문다
얼음 속엔 수많은 부리가 있어서 입안을 쪼아댄다
입속에서 육면체의 얼음은 모서리를 잃어간다
얼음이 녹으면서 들러붙는다
서로에게 족쇄를 채운다

우비를 뒤집어쓰고 등을 돌린 채 직사의 물대포를 맞고
있는 사람이 있다

죽은 물고기를 씻어내는 수돗물처럼 얼음 탄환이 쏟아진다
하얀 물거품을 일으키며 아스팔트 바닥에 물이 흩어진다

불투명한 온실처럼 가슴이 뜨거워진다
데인 살갗에 얼음을 문지른다

연삭기로 얼음을 갈면 귓속에 눈이 내린다
사각사각
각진 호흡들이 공기 중에 떠다닌다

이 방을 물로 가득 채우고 얼려버리면 이 방은 깨질 것
이다

커튼콜

파라솔도 없이 의자가 햇볕을 받고 있다
누군가 읽다 만 책이 그 위에 뒤집혀진 채 놓여 있다

파도는 금세 의자를 덮칠 것이다

무지개색 공을 주고받던 연인들
재잘거리며 파도와 장난치던 아이들
모래무덤 속에 들어가 누워 있던 사람들

발자국만 무성하게 남아 있다
발이 녹아버릴 만큼 뜨거운 모래다

누군가 사람들을 지워버렸다

파도가 밀려갈 때마다 색색의 자갈들이 선명하게 빛난다
틀니 하나가 입을 벌린 채 모래 속에 박혀 있다

대낮에 폭죽이 터지는 소리가 들렸다
해변을 따라 꽂아놓은 바람개비들이 맹렬하게 돌아간다

의자는 쉬지 않고 돌아오지 않을 사람들을 기다린다

하늘과 땅 사이에 칼이 물려 있다

석양의 발꿈치가 칼에 닿자 피가 번진다

의자가 물속으로 서서히 잠긴다
제목을 알 수 없는 책이 뗏목처럼 둥둥 떠 있다

바다는 여전히 육지로 밀입국을 시도한다
파도는 철조망까지 닿지 못하고 달아오른 얼굴을 모래에
묻는다
파도는 같은 실수를 반복하고 있다

개기일식

손바닥으로 해를 가릴 수는 없다

우리는 운동장 한구석에 모여 때를 기다린다
한 손에는 그을린 유리를 들고

손바닥만한 달이 운동장만한 해를 가린다
달의 뒤통수가 뜨거워진다

사위가 어둑해지고 달과 태양이 포개지면서
검은 우물이 만들어진다
태양에 은빛 갈기가 돋아난다

눈동자가
깊이
깊이
가라앉는 것 같아
나는 주저앉았다
환호성을 지르는 아이들 가운데서

2부

우리는 혼혈이 되어야 합니까

플랫폼

멀리 있는 것들이 궁금할 때가 있다

쉽게 오는 것은 쉽게 가고
눈에 보이지 않으면 마음에서 멀어지고
구르는 돌에는 이끼가 끼지 않는다

쉽게 오는 것도 쉽게 가고 어렵게 오는 것도 쉽게 간다
나는 쉽게 와서 쉽게 가고 너는 쉽게 와서 어렵게 간다

건너편 플랫폼에서 쪼그려 앉아 울고 있는 저 여자
유리창에 남겨진 손바닥
손금은 입김을 불 때마다 되살아난다

한쪽 방향으로 고개를 돌리고 지하철이 들어오기만을 기
다리던 사람들
간절한 것들은 저마다의 가슴속에서 가라앉고
사람들은 눈을 감고 이리저리 흔들리며
간절했던 것과는 반대 방향으로 흘러간다

나는 나의 의지에 의해 만들어지지 않았다
난자를 뚫고 들어간 정자는 도화선의 생을 마감했다
무한한 세포분열은 죽음을 향해 간다
더이상 분열될 수 없을 때 눈에 어둠이 내려앉는다

지구에 모든 경사가 사라지면 돌은 구르지 않는다

눈에 보이지 않는 것들은 멀리 있고
멀리 있기 때문에 눈에 보이지 않는다
너는 너무 멀리 있고 또 너무 가까이 있다
내가 보이지 않는 것은 내가 너무 멀리 있기 때문이다

햇살이 가파른 경사를 그으며 너무 먼 곳에서 와서
내 가까이에서 부서진다 구르는 돌은
언젠가는 멈추고 이끼가 몸을 덮는다
나는 손바닥에 얼굴을 묻는다

구급차가 구급차를

모텔 캘리포니아, 검은 셀로판지로 코팅된 창을 열자
공중에 떠 있는 낡은 레코드판

중앙선을 무시하며 질주하던 구급차가 전봇대를 들이받
는다 부르르
떨리는 전선
어지럽게 돌아가는 경광등,
구급차가 구급차를 부른다

빌딩 유리로 돌진하는 여객기를 본 사람들은
어떤 표정을 지었을까
손톱이 손등을 파고들 만큼 간절한 기도도
팔을 날개로 바꾸지는 못했다
깃털과 돌멩이와 인간은 다른 속도로 낙하했다

사방의 건물에서 사람들이 몰려나온다
회전문은 문이었다가 창문이었다가
벽이 된다
가로수는 귀를 막고 자신의 그림자를 내려다본다
물음표를 그리다 만 스키드 마크
입속에서 맴도는 혓바닥

우리는 거울 속의 서로를 보고 좀더 뜨거워졌다

레코드판 위로 흘러가는 바늘처럼 서로의 몸에 손톱을 박 ⎯
으며
　우리는 얼마나 서로의 체위를 바꾸고 싶었던 걸까
　같은 속도로 뛰는 심장은 없다
　뜨거운 것이 빠져나가고 우리는 감전된 것처럼
　멍멍했다 파문이 사라진 뒤에도
　여전히 바닥에 닿지 못한 돌멩이가 있다
　눈앞에 굳은 물고기들이 떠다닌다

　구급차 곁에 구급차가 눕는다
　서로의 경광등에 입을 맞춘다
　우리는 암모나이트처럼 몸을 말고

연인

고개를 기울이면
남산타워가 쓰러지고
건물 유리창들이 유성우가 되어 쏟아지고
화면에서 글자들이 흘러내리고
구름에서 빗방울이 툭툭 떨어진다

고개를 기울이면
당신의 어깨가 한쪽으로 꺾이고
한쪽 입술이 올라가고
오른쪽 눈에 눈물이 가득차고
기억이 주르륵 쏟아진다

고개를 들고 물을 마실 때면 스르르 감기는 눈

우리는 고개를 기울이고
서로의 입에 입을 맞추고
서로의 눈에 고인 눈물을 마시고
서로의 귀에 귀를 가져다대고
어깨를 비빈다

당신의 귓바퀴는 트랙을 닮았다
모래시계처럼
당신 귓속에서 흘러나온 모래가 내 귓속으로 흘러들어온다

우리가 서로에게 귀를 기울일 때마다
서로의 귀가 스칠 때마다
같은 노래가 급류가 되어 우리의 심장을 지나간다

우리는 가장 가까운 곳에서
가장 먼 곳으로
마음을 보내고 있었다

백지

우리는 세상에서 가장 가난한 나라의 아이들
백지 한 장을 놓고 맞은편에 앉아 낙서를 한다
어른들이 볼까봐 조바심 내면서
우물 속에 침을 뱉듯

너의 뒤통수에는 스위치가 있는지
얼굴이 켜졌다가 꺼졌다가
명암이 교차한다
한 손바닥으로 얼굴을 가린 달처럼

나는 너를 민다
내 손이 닿지 않을 때까지 힘겹게

백지 앞에서 손가락은 고드름이 됩니다
툭, 툭 부러져 짧아져만 갑니다

무언가 계속 꺼지고 있어
호흡이 끊어진 사람의 코앞에 유리판을 대듯

내 혀는 난파선처럼 이리저리 떠다닌다
차가운 말과 뜨거운 발음이 어긋나면서

백지는 어느덧 하나의 문서가 되어 우리 앞에 놓여 있다

더이상 여백이 없는 하나의 완벽한 발음이

백지 위로 죽은 손들이 올라온다

네 심장을 두 손으로 움켜쥐고 나는 운다
느려진 박동이 손금을 타고 온몸으로 퍼진다

반은 웃고 반은 우는 미친 달이 뜬다

한밤의 핀볼

거대한 송충이 같은 장마전선이 우리의 머리 위에 떠 있
었다
먹장구름 위에서
바윗덩어리 굴러가는 소리가 들렸다
장마가 끝나면 구름은 납작해질 것이다

어제 당신이 심장에 박아놓은 가시가 한 치나 자랐다
너와 등을 맞대고 잔 다음날에는 항상 어깨가 무거웠다

가슴속에 웅크린 고슴도치가 몸을 말고 몸속을 굴러다닌다
깨진 술잔처럼 날을 세운 바람
머릿속에서 풍향계가 어지럽게 돌아간다

번개가 칠 때마다 우리의 속눈썹은 길어지고
귓속에 큰 구슬을 박아놓은 것처럼 내 안의 목소리만 울
렸다
우리는 잠들 때까지
서로의 등에 흘러내린 땀으로 물그림을 그렸다

네 등에 '너'라고 쓰면 너는 벽 속으로 들어가고
'당신'이라고 쓰면 바닥으로 가라앉는다
'나'라고 쓰면
너는 크고 희미한, 물방울이 된다

우리는 다문 입술 사이로 면도날을 물고 있었다
우리는 점점 무거워졌다

뜨거웠던 손목을 끊어내 서랍 속에 넣고
내 몸에 박힌 수많은 핀들을 뽑아낸다
큰 구슬 하나가 어둠 속으로 사라진다

밤의 드라큘라

투명한 빗방울이 모여 시야를 가린다
빽빽한 빗줄기에 갇혀 세계는 어둡다
검은 유리창처럼
목젖 너머 목구멍처럼

여기는 천국입니까 지옥입니까
당신은 괴물입니까 나는 인간입니까
우리와 세계는 한통속입니까

물음 속에는 무수한 울음들이 있다
물음으로 떠오르는 울음
둥근 물방울이 검은 주삿바늘이 되어 땅에 꽂힌다

얼어붙은 안구에 뜨거운 눈물이 솟는다
안구에 무수한 실금이 가고 세계는 조각난다
발밑에서 아지랑이가 피어올라 발목이 사라진다

피 같은, 검은 기름 같은, 타다 남은 나무토막 같은 그림
자를 흘리면서
우리는 희박한 고요 속에 담겨 있다
저 빗줄기에 손을 넣으면 손목이 뭉텅, 잘려나간다

번개가 칠 때마다 제 얼굴은 두 쪽으로 쪼개집니다

당신이 나의 반쪽이 되어주시겠습니까

빗줄기 너머 쇠창살을 움켜쥐고 이빨 사이로 침을 흘리
는 짐승
입안을 맴도는 피거품
모든 입술의 노래는 비명으로 끝난다

헌혈하시겠습니까
당신의 새하얀 목덜미를 한번 깨물어도 됩니까
당신의 혈관 속에는 얼음처럼 차가운 피가 흐릅니까
우리는 혼혈이 되어야 합니까

여기는 침엽의 세계
한 발 내디딜 때마다 따끔거린다
우리는 체온을 잃지 않기 위해 점점 뾰족해진다

당신의 벼랑

마지막 연락선이 바다에 몸을 맡긴다
천천히
박음질을 하며 수평선을 향해 나아간다
꽁무니에 하얀 실밥이 풀려나온다

갈매기들이 머뭇거리다가 선착장으로 돌아간다
너무 멀리 가면
돌아올 곳을 잃어버린다

빛과 어둠이 만든 붉은 주름이 조금씩 뒷걸음친다
실핏줄이 돋아난 바다
비문처럼 떠 있는 바지선들
고물이 들썩거릴 때마다 흔들리는 당신의 속눈썹

등대의 불빛이 검은 수평선을 향해 뻗어간다
등대의 밑은 어둡다
섬 뒤에 숨은 또하나의 섬
당신 속에 가라앉는 또하나의 당신
뒤돌아선 당신의 뒷모습이 벼랑 같다
벼랑의 뿌리를 핥는 파도가 하얗게 부서진다

우리는 너무 멀리 왔다
서로 밀어내며 좀더 짙어졌을 뿐,

속눈썹 위에 걸려 있는 말들이 파르르 떨린다

반환점을 돌 때 우리는 잠시 포개졌다가 다시 멀어진다
어두운 객석에 마지막까지 남은 관객처럼
우리는 두 손을 마주잡는다

우리가 실밥 같은 웃음을 주고받을 때
등뒤로 먹구름들이 꿈틀대며 서로 몸을 비빈다

저녁 뉴스

해변에 벗어놓은 옷들처럼 하루가 덩그러니 놓여 있다

공중에 뜬 볼
배트를 든 채 홈베이스를 떠나지 못하는 타자
아직은 너무 이른 것이 아닐까
이 정도에서 그만 포기해야 하지 않을까

네 생각 때문에
거실 바닥에 있던 리모컨을 밟아 박살내고
단추를 잘못 끼우고 엉뚱한 버스를 탄다
손끝까지 타들어온 담배에 손을 데고
신호등 앞에서 무심코 비닐봉지를 떨어뜨린다

야구공이 시야에 나타날 때까지
고개를 꺾고 공중을 바라보는 외야수
야구공을 삼킨 구름
저녁 뉴스 시간은 점점 다가오고

그림자가 길어지다가 더이상 움직이지 않는다
네 눈 속에는 대관람차가 천천히 돌아가고
흘러내린 앞머리를 무심코 올려주려다
빈 물컵을 입으로 가져간다

마지막 구원 투수가 마운드에 올라
야구화 끝으로 땅을 다지고
허리 뒤로 손을 돌려
손가락 끝으로 야구공을 돌리며 실밥을 만지작거린다

우리는 의자를 뒤로 빼고 천천히 일어서서
서로 반대쪽 손을 들고 인사를 했다

우리는 다른 해변에 도착해 있었다

해변의 진혼곡

어떤 기대도 없이 여기에 왔다
해면을 은빛으로 물들였던 태양은, 수평선에 가까워지면서 굵고 붉은 동아줄을
늘어뜨린다
구름의 조문 행렬이 길게 늘어져 있다

새파란 입술과 붉은 입술이 만난다 입술과 입술 사이에 말이 있고 또
무덤이 있다 검은 입술이 될 때까지
입을 꾹 다문다
너의 무덤에 혀를 밀어넣는다 심장과 혀의 거리가 너무 멀다

주먹을 쥐고 달려오던 파도가 해변에서 손가락을 쫙, 편다
사막은 바다의 오아시스
바다는 사막을 마시고 싶어서 계속 해안으로 밀려온다
내가 얼마나 메말랐기에 너는 그처럼 밀려오는가
사막 한가운데의 붉은 우체통에는 모래가 그득하다

우리를 여기에 데려다주었던 날개를 벗는다
나비는 날개부터 부패하기 시작한다 제 것이 아니었으므로,
바다는 뭍에서 흘러온 폐품들을 계속 밀어낸다

내 몸속을 이탈한 피는 비상구를 찾지 못하고 우주를 떠
도는 별에게는 정거장이 없다

 가난한 사람은 주머니가 많다 주머니가 많아서
 손을 잃어버리는 때도 있었다
 감옥에 갇힌 죄수의 옷에는 주머니가 없다 관 속의 시신
도 주머니가 필요없다
 죽은 자에게는 어떤 기대도, 어떤 망설임도 없다

 우리는 각자의 주머니에 손을 넣고 서로의 심장을 만지
작거린다
 어둠의 손목이 옆구리를 휘어감는다

데칼코마니

네 감은 눈 위에 꽃잎이 내려앉으면
네 눈 속에 꽃이 피어난다.

네 감은 눈 위에 햇살이 내리면
네 눈 속에 단풍나무 푸른 잎사귀들이 살랑거린다.

네 감은 눈 위에 나비가 앉으면
네 눈동자는 꽃술이 되어 환하게 빛나고 있을까.

먼 항해에서 돌아온 배의 노처럼
네 긴 속눈썹은 가지런히 쉬고 있다.
가끔씩 배가 출렁이는지
넌 가끔 두 주먹을 꼭 쥐기도 한다.

네 감은 눈 속에 눈이 내리면
나는 새하얀 자작나무숲을 한없이 헤매고 있을 거야.
지친 발걸음이 네 눈동자 위에 찍힌다.

네가 눈을 뜨면 내 눈은 까맣게 감기고 말 거야.

나는 너를 채우고 너는 내게서 빠져나간다.
우리는 번지면서 점점 뚜렷해진다.

밤은 부드러워*

여섯번째 손가락이 돋아날 것 같은 저녁이다
구름이 제 몸을 떼어 공중에 징검다리를 놓는다

그녀는 두 팔을 벌리고 시소의 한 끝에서 다른 끝으로 걸
어갔다
플라타너스 나무에 기대어 한참을 울었다
너의 눈빛은 나무껍질처럼 딱딱해졌다

모래 더미 옆 소꿉놀이 세간들
두꺼비집 위에 찍힌, 선명한 손바닥 자국

조심조심 손을 집어넣는다 아직도 남아 있는 온기
손을 빼자 힘없이 무너져내린다
내 손이 너무 커버린 것이다

어제는 서로에게 몸을 주고 마음을 얻었다
오늘은 서로에게 마음을 주고 몸을 잃는다

사람들은 벽 속에 비밀을 숨긴다
편지, 반지, 손가락, 머리카락, 검은 고양이
벽 속에는 썩지 않을 약속들과 파릇파릇한 거짓들이 자
라난다

거짓말로 피라미드를 쌓고
거짓말로 하늘의 별을 따고
거짓말로 너를 우주로 날려보낸다

꽃은 단 한 번의 외도도 없이 지고
유성은 면도날처럼 깨끗한 직선을 그리며
지상으로 돌진한다
어둠의 한가운데서 피어나 어둠의 가장자리로 진다

너의 눈 속에서 유성이 떨어지고
너의 몸은 식은 운석처럼 무겁다

유성이 떨어지는 동안 우리의 입맞춤도 사막 어딘가에 묻
히겠지
타오르고 남은 것은
구멍이 숭숭 뚫린 검은 심장

펭귄들은 서로의 머리를 맞대고 사막을 꿈꾸고 있을까
사막여우의 꿈속에는 빙하가 보일까

우리는 불꽃 화관을 쓰고 검은 빙산을 바라본다
오늘도 어디선가 두 개의 별이 부딪쳐 하나가 된다

유빙

입김으로 뜨거운 음식을 식힐 수도 있고
누군가의 언 손을 녹일 수도 있다

눈물 속에 한 사람을 수몰시킬 수도 있고
눈물 한 방울이 그를 얼어붙게 할 수도 있다

당신은 시계 방향으로,
나는 시계 반대 방향으로 커피잔을 젓는다
맞물린 톱니바퀴처럼 우리는 마지막까지 서로를 포기하
지 못했다
점점, 단단한 눈뭉치가 되어갔다
입김과 눈물로 만든

유리창 너머에서 한 쌍의 연인이 서로에게 눈가루를 뿌리
고 눈을 뭉쳐 던진다
양팔을 펴고 눈밭을 달린다

꽃다발 같은 회오리바람이 불어오고 백사장에 눈이 내린다
하늘로 날아오르는 하얀 모래알
우리는 나선을 그리며 비상한다

공중에 펄럭이는 돛
새하얀 커튼

해변의 물거품

시계탑에 총을 쏘고
손목시계를 구두 뒤축으로 으깨버린다고 해도
우리는
최초의 입맞춤으로 돌아갈 수 없다

나는 시계 방향으로
당신은 시계 반대 방향으로
우리는 천천히 각자의 소용돌이 속으로
다른 속도로 떠내려가는 유빙처럼,

외곽으로 가는 택시

국경으로 가주세요.

비가 담벼락을 적신다 불 꺼진 상점들이
환해졌다가 더 어두워진다 소스라치게 놀라는 마네킹들
부러진 담배와 물에 젖은 라이터
아무 말도 없는 택시 기사의 뒤통수,
그 따스한 무관심
택시는 차선을 넘나든다 부러진 펜촉으로
젖은 손바닥에 쓴다

네가 보낼 이국의 밤들에 대해
부어오르는 잇몸과 위장의 더부룩함에 대해
차내등을 끄고 차량 기지로 돌아가는 버스에 대해
쉼 없이 쌍무지개를 그리는 와이퍼에 대해
물 위를 미끄러지는 바퀴에 대해
뜨거운 심장과 시린 발끝에 대해
나와 다른 시간에 잠들고 눈뜰 너에 대해

와이퍼가 계속 길을 지우고
맞은편에서 달려오는 전조등이 어두운
택시 안을 훑고 간다
기억의 방충망을 뚫고 들어온 나방 한 마리가 퍼덕거린다
검은 연기를 내며 타오르던 경찰 버스

티베트 승려의 얼굴 위로 흘러내리던 검붉은 피
군사분계선 주위에서 살점을 쪼고 있는 까마귀들

가도 가도 국경은 멀기만 하다
너와 나의 국경은 언제쯤 만날 수 있을까
얼마나 많은 검문소를 지나야 너에게 닿을까

택시는 다시 등을 켜고
비에 젖고 있을 누군가를 향해 달려간다
구부러진 우산 속으로 비가 들이친다
와이셔츠 주머니에 푸른 꽃이 번진다

비밀

비밀이 많은 자는 늙지 않는다
얼굴에 주름이 생기지 않기 때문이다
비밀은 비좁고 빽빽하다

무덤 속까지 비밀을 안고 간 사람들
무덤을 뚫고 솟아나오는 칼들

엑스레이 사진을 찍기 전에 숨을 멈춘다
비밀을 발설하기 전에는 언제나 숨을 멈추는 순간이 있다

그는 청문회에서 당당하게 선서를 거부했다
그의 얼굴은 단단해지고 두꺼워졌다
뼈가 튀어나올 것처럼 입을 다물고 있었다

나의 머릿속에는 못이 박혀 있지도 않았고
뱃속에 수술용 가위가 덩그러니 놓여 있지도 않았다

차 트렁크 위에 핸드백을 뒤집어엎어놓고 열쇠를 찾는 여
인처럼 나는 무언가를 헤집고 싶다

나의 발밑에는 거대한 공룡의 뼈가 누워 있고
지각 아래에는 뜨거운 용암이 흘러간다

전투기가 구름의 탯줄을 끌고 서쪽으로 날아간다
천천히 늘어지는 시간
심장이 스멀스멀 오른쪽으로 옮겨간다

투서처럼 새들이 솟아올랐다

성난 얼굴로 돌아보라

우방으로 가는 길은 멀었다

벚꽃을 머리에 이고 놀이공원 정문 앞에서 차례를 기다
리는 사람들
입구를 노려본다
저 너머가 천국인지 지옥인지
갈팡질팡
손가락 사이로 빠져나가는 꽃잎들
아이들이 떨어진 꽃잎을 모아 서로의 얼굴에 뿌린다

분홍색 란제리를 걸친 러시아 여인은 검은 상자 속으로 들
어가 목이 잘리고
그녀의 목은
사람들의 탄성 속에 불쑥, 솟아난다
팔에 돋아난 소름이 순식간에 온몸으로 번진다
롤러코스터에 몸을 맡긴 사람들
얼굴 없는 비명들
바이탈 사인 같은 궤도 위를 빠르게 지나간다
공중에 새겨지는, 거대한 화환

검은 현수막이 만장처럼 펄럭인다
붉은 해가 활자를 태운다
지하철 유리창에 찍힌 붉은 손자국

혓바닥이 심지처럼 타들어간다
지워지지 않는 부재중 전화

어둑한 하늘을 향해 분수들이 혓바닥을 내민다
솜사탕을 핥으며 놀이공원을 빠져나온다
신발 밑창에 붙어 떨어지지 않는 꽃잎들
비명이 뱉어낸 살점들

롤러코스터가 달팽이관 속을 맴돈다
등뒤에 선 우방이 심지에 불을 붙인다

술래는 등을 돌리고

허공을 쓸며
손바닥 하나가 떨어진다
술래는 플라타너스 나무에 기대어 주문을 외운다

잡혀온 아이는 한 손은 술래에게 맡기고
소금 기둥이 된 아이들에게 손사래를 친다

술래가 고개를 돌릴 때 아이들은 숨을 멈춘다

자신이 만든 그림자 속으로 몸을 던지는 낙엽들
벼랑 끝에서는 아래를 보지 말 것

마지막까지 살아남은 아이가 빠르게 주문을 외우고 있는
술래의 등뒤에 다가간다

낙엽 하나가
술래의 머리 위에 내려앉는다
술래는 주문을 다 외우고도 뒤돌아보지 않는다

아이들이 술래의 등을 껴안는다

3부

그때부터 우리는 모두 벽이 되었다

바벨

한참을 울고 체중계에 올라가도 몸무게는 그대로였다
영혼에도 무게가 있다면
대지는 오래전에 가라앉았겠지

꿈속에서 많이 운 날은 날이 밝아도 눈이 떠지지 않습니다
눈 속에 눈동자가 없는 것 같습니다

우리는 마음에 부목을 대고 굳은 무릎으로 여기에 왔다
목소리 위에 목소리가 쌓인다
우리는 각자의 목에 돌을 하나씩 매달고
목소리의 탑을 쌓는다

다른 시간을 가리키고 있던
시계방에 걸린 수많은 시계들이 한꺼번에 울린다
우리가 한꺼번에 울면 해수면이 조금은 올라가겠지

우리의 목소리는 쌓이면서 아래로 가라앉는다
우리의 탑은 하늘을 향해 자라는 것이 아니라 지하를 향
해 깊어지는 것이었다

젖은 영혼들이 물의 계단을 밟고 걸어올라온다
어두운 나선의 계단을 딛고 올라오는, 일렁이는 촛불의
빛무리

귓속에 검은 물이 들어차고
우리는 목소리의 동굴이 되어간다

망원경으로 적국의 시가지가 폭격당하는 것을 지켜보던
이스라엘 시민들
그들에게 시온은 얼마나 튼튼한 요새인가 우리의 심장은
파쇄기에 갈아버린 공문서처럼 조각난다
부서진 빛들이 노래가 되고
부서진 울음들이 물비늘이 된다

우리는 목에 더 무거워진 돌을 매달고 흩어진다
다른 말과 다른 낱말을 가지고 다시 여기에 모이기 위해

어둠의 진화

하루종일 벽을 따라 걸었다
나는 모서리에 자주 부딪쳤고 그때마다 벽은 피를 흘렸다

꿈속에서 누군가 내 뒷덜미를 끄집어올렸다
나는 물속에 머리를 처박고 있다가 가쁜 숨을 토해냈다
침대 위에 누워 꿈의 잔해들을 끌어모았다

잠결에 지른 비명들이 방안을 가득 채우고 있다
동공은 온 힘을 다해 빛을 끌어모은다
철조망이 넓어진다고 해서 수용소가 천국이 되는 것은 아
니다
나의 꿈 주변에 철조망이 둘러쳐져 있다

자해는 자위와 같은 것

깍지 낀 손을 명치에 대고
침대에 오래 누워 있으면 침대가 천천히 가라앉는다
지하로, 지구 반대편으로, 우주 저 끝으로
내 몸은 침대와 떨어져 둥둥 떠 있다
공기의 관(棺) 속에 갇혀 편안하게

잠수함 속의 토끼에 대해 생각한다
토끼가 숨을 거둘 때

해쓱해진 그 얼굴에 박힌 붉은 눈동자에 비친 것은
사람들의 안도였을까 불안이었을까
아주 긴 굴뚝이 있어서 이 도시의 매연을 빨대처럼 뽑아
낸다면 이 답답함이 사라질까

어디선가 검은 연기가 피어오르고 사람들이 길바닥에 누
워 있다
곧 청소차가 올 텐데
흐느끼는 피들을 다 씻어낼 텐데
다시 또 검은 아스팔트가 깔리고 모든 슬픔은 평평해지
겠지

사이렌과 함께 소방차의 확성기에서 다급한 외침이 쏟아
진다
긴급 상황입니다, 길을 터주세요
사람이 죽어가고 있습니다, 길을 터주세요
건물이 무너지고 있습니다, 길을 터주세요
집이 불타고 있습니다, 길을 터주세요

          나는 피아노 건반처럼 누워 있습니다
          누군가 나를 누르기만 기다리고 있습니다

검은 천장에서 흰 거미가 내려와 내게 말했다

이제 그만해, 이런다고 세상이 달라질 것 같아?

공중에서 새하얀 거미줄이 투망처럼 내려오고 있다
너무 선명해서 손에 잡힐 것 같다

지구의 모든 인간이
남반구와 북반구의 모든 인간이
한꺼번에 비명을 지른다면
우리는 모두 귀머거리가 되고 말 거야

위악은 위약(僞藥) 같은 것

유리창에 머리를 부딪히며 출구를 찾지 못하는 새여
우리가 매달릴 창문은 언제나 높은 곳에 있다
모든 창문은 위험하다
저 수많은 빗방울 중에 온전히 바닥에 떨어져 으깨어지는
것들은 얼마나 될까?

쏟아지기 직전에 사라진 눈물은 몸의 어디로 흩어지는가
온몸의 물을 끌어모아 샘이 되었던 마음은 어디에서 숨
을 고르고 있을까
눈물은 얼굴의 굴곡을 기억한다

　　　　　나는 너무 큰 날개를 타고난 새가 아닐까
　　　　　　　　몸통보다 무거운 날개를
　　　　　　　담요처럼 두르고 있는 건 아닐까

누군가 문을 두드리면 침대는 다시
우주 저 끝에서, 지구 반대편에서, 지하에서 올라와
내 몸을 받쳐준다

최초의 집을 허물고 거기서 빠져나왔듯
우리는 또다시 울음의 집으로 걸어들어가야 한다
아무리 밟아도 죽지 않는 개미처럼
이 어둠은 밟아도 밟아도 꺼지지 않는다

검은 산의 능선을 뿌옇게 태우며 아침이 온다

벽

그때부터 우리는 모두 벽이 되었다.

너랑 얘기하면 벽이랑 대화하는 것 같아.

하루종일 벽을 따라 걷는 독방의 수인을 생각하는 밤.
다족류들은 벽을 만나기 전까지 방향을 틀지 않는다.
저 수많은 발이 여는 원탁회의는 얼마나 소란스러운가.

당신은 벽에 대고 사랑해, 라고 말한다.
벽은 아무 말도 하지 않는다.
벽은 심장이 없고 심장의 떨림을 전할 입이 없다.

감정을 가지고 있다는 것은 미개하다는 뜻이야.
세상이 뒤집어지지 않는 한 벽은 수직으로 존재합니다.

당신이 내 가슴에 붙여놓은 수많은 메모들이 헛바닥처럼
날름거린다.
총탄, 십자가, 달력,
칼로 새긴 헤어진 연인의 이름.
낙서가 벽을 무너뜨린다.

죽은 자를 살려내라.
당신은 오늘도 방패 같은 얼굴을 하고 우리를 막아서고

있군요.

　파도는 물의 벽입니다.
　물이 불을 태우고 불은 물속에 잠깁니다.
　물속에 갇힌 자들에게 목구멍으로 벽이 들어옵니다.
　지상의 모든 수평선은 이제 하늘과 땅 사이의 벽이 되었
습니다.
　목소리를 삼킨 벽은 두꺼워집니다.

　거미는 자신이 만든 점성의 독방에서 생을 마감한다.

검은 방

슬픔의 과적 때문에 우리는 가라앉았다
슬픔이 한쪽으로 치우쳐 이 세계는 비틀거렸다

신의 이름을 부르고 싶었지만 그것이 일반명사인지 고유
명사인지 알 수 없어 포기했다
기도를 하던 두 손엔 검은 물이 가득 고였다

가만히 있으면 죽는다
최대한 가만히 있으려고 할수록 몸에 힘이 들어갔다
나는 딱딱해지고 있었다

해변에 맨발로 서 있던 유가족
맨살로 닿을 수 없는 거리가 그들을 얼어붙게 만들었다
죽을 때까지 악몽을 꾸어야 하는 사람들의 뒷모습
학살은 모든 사람들이 동시에 꾸는 악몽 같은 것

손가락과 발가락까지 피가 돌지 않고
눈이 심장과 바로 연결된 것처럼 쿵쾅거렸다

모든 것이 가만히 있는 곳이 지옥이다
꽃도 나무도 시들지 않고 살아 있는 곳
별이 움직이지 않고 가만히 멈춰서 못처럼 박혀 있는 곳
죽은 마음, 죽은 손가락, 죽은 눈동자

위로받아야 할 사람과 위로할 사람이 한 사람이라면
우리에게 남은 것은 기도밖에 없는 것인가

우리는 떠올라야 한다
우리는 기어올라야 한다
누구도 우리를 끌어올리지 않는다

가을이 멀었는데 온통 국화다
가을이 지난 지가 언젠데 국화 향이 이 세계를 덮고 있다
컴컴한 방에 검은 비닐봉지를 쓰고 앉아 있는 것처럼 숨
이 막힌다
꿈속에서도 공기가 희박했다

해변은 제단이 되었다
바다 가운데 강철로 된 검은 허파가 떠 있었다

부서진 사월*

시계침에 매달린 인간들이 땅을 보며 걷는다
어젯밤에 썼던 콘돔은 튼튼한 것이었을까
일본 원전을 덮어씌운 콘크리트는 안전한 것일까

어제 명함을 주고받은 사람이 오늘은 당신을 모른 체하
고 지나간다
바닥에는 사람들의 그림자가 포개졌다가 흩어진다
잠시, 괴물의 형상이 되었다가 딱딱한 혼자가 된다

빈혈에 시달리는 가로수들
나뭇잎의 뒷면에서 어둠이 뚝뚝 떨어져
나무 밑동에 고인다

저 멀리서 온통 눈물로 젖은 얼굴이 걸어온다
그의 자식이 끔찍한 교통사고를 당한 것일까
아니면 자신이 의사에게 시한부의 삶을 선고받은 것일까
그는 자신의 눈앞에 시시각각으로 닥쳐오는 불행들을 손
으로 걷어내려는 듯
양팔을 휘저으며 나를 향해 걸어왔다

그가 내 곁을 지나갈 때 나는 눈을 감았다
그를 붙잡고
내가 같이 울어줄까요, 라고 말하고 싶었지만

내가 그를 껴안으면 그는 물이 되어 쏟아질 것 같았다
멀리 돌아온 자는 발바닥 같은 얼굴을 가진다

눈을 뜨니 구명정 같은 구름이 떼를 지어 흘러가고 있다
나는 햇살의 뼈를 만져본다
뼛가루 같은 햇살이 내 손바닥을 데운다
죽어가는 물고기의 지느러미처럼 나뭇잎이 떨고 있다

이 지상에 파견된 봄은 갈 곳을 몰라 서성거린다
가운데부터 검게 시드는 목련 잎에는 자신의 몸에 권총을
쏜 것 같은 탄흔이 남아 있다
우리는 시간이라는 붕대를 감고 또 하루를 건너가겠지

눈을 감으면 수면을 뚫고 수많은 소금 인형이 걸어나온다
데운 조약돌로 눈두덩을 지져도 사라지지 않는

* 이스마일 카다레의 소설 제목에서 빌려옴.

가상현실

　민방위 훈련 사이렌이 울리고 텅 빈 사거리에 사람들이 멈춘다. 정지선을 넘으려던 차들이 급정거한다. 두시의 햇살이 따갑다. 횡단보도를 건너기 직전의 사람들이 다시 그늘로 숨는다. 미처 피하지 못한 사람들의 얼굴이 찡그려진다. 가상의 적이 미사일을 쏘고 서울은 불바다가 되고 적기가 우리 머리 위로 쏜살같이 날아가고 청와대와 국회의사당에선 연기가 피어오르고 사람들은 피를 흘리며 누워 있고 구급차가 울부짖으며 달려가고 건물들은 무너진다. 깃발을 든 구청 직원의 호루라기 소리가 요란하다. 저 멀리서 달려오던 중국집 배달 오토바이가 사거리를 향해 돌진한다. 구청 직원이 깃발을 휘두르며 길을 막으려 하자 대수롭지 않은 듯 피해 간다. 호루라기 소리가 귀청을 찢을 듯 날카롭게 울린다. 어떤 이들은 키득거리고 어떤 이들은 무덤덤하게 냉소를 머금는다. 백팩을 맨 학생이 휴대폰을 꺼내 시간을 확인하고 발로 바닥을 탁탁 친다. 중년 부인이 손수건을 꺼내 땀을 닦으며 손바닥으로 햇볕을 가린다. 가상의 적이 웃음을 잃은 우리의 발목을 잡고 있다. 옆에 서 있던 외국인 하나가 무슨 일이냐고 묻는다. 나는 간단한 재난훈련이라고 답한다. 그는 친구에게 전화를 걸어 한참을 낄낄거리며 외국어로 통화를 한다. 그에게는 돌아갈 나라가 있고 웃으면서 이야기할 친구가 있고 전쟁 뉴스를 보며 느긋하게 앉아 있을 푹신한 소파가 있고 가상의 적이 없다. 그에게 이 나라는 영원히 가상으로 남을 것이다. 황구(黃狗)가 노란색 중

앙분리선을 따라 검은 도로 위를 터벅터벅 걸어간다. 혀를 ─
빼물고 아지랑이를 삼키며 멀어진다. 등화관제라도 된 것처
럼 머릿속이 캄캄해진다.

슬픔의 자전

지구 속은 눈물로 가득차 있다

타워팰리스 근처 빈민촌에 사는 아이들의 인터뷰
반에서 유일하게 생일잔치에 초대받지 못한 아이는
지구만큼 슬펐다고 한다
타워팰리스 근처를 둘러싸고 있는 낮은 무허가 건물들
초대받지 못한 자들의 식탁

그녀는 사과를 매만지며 오래된 추방을 떠올린다
그녀는 조심조심 사과를 깎는다
자전의 기울기만큼 사과를 기울인다 칼을 잡은 손에
힘을 준다
속살을 파고드는 칼날

아이는 텅 빈 접시에 먹고 싶은 음식의 이름을 손가락에
물을 묻혀 하나씩 적는다

사과를 한 바퀴 돌릴 때마다
끊어질 듯 말 듯 떨리는 사과 껍질
그녀의 눈동자는 우물처럼 검고 맑고 깊다

혀끝에 눈물이 매달려 있다
그녀 속에서 얼마나 오래 굴렀기에 저렇게

둥글게 툭툭,
사과 속살은 누렇게 변해가고

식탁의 모서리에 앉아 우리는 서로의 입속에
사과 조각을 넣어준다
한입 베어 물자 입안에 짠맛이 돈다

처음 자전을 시작한 행성처럼 우리는 먹먹했다

마비

입속에 누군가 시멘트를 부은 것 같다

한쪽은 웃고 한쪽은 찡그린다
한쪽은 울고 한쪽은 무표정한 채로
양쪽이 평형을 이루기 위해서는 시간이 필요하다
내 왼쪽 얼굴에 슬픔 1그램을 보태거나
내 오른쪽 얼굴을 사납게 우그러뜨려야 한다

오른손에는 칼 왼손에는 천칭
수평이 무너지면 칼이 올라간다

버스에 올라 빈자리를 둘러보는 눈처럼 내 혀는 이가 빠
진 자리를 집요하게 더듬는다

어딘가 마비된 사람들이 교회를 찾는다
그들은 웃으면서 교회를 나온다

너의 웃는 얼굴을 박제할 것이다
너의 눈에 가시 철조망을 치고
너의 입에 시멘트를 부어버릴 것이다

밀병을 혀로 녹이는 사람은 당분간 말을 하면 안 된다
밀병이 성체가 될 때까지 기다려야 한다

동물원을 탈출한 기린은 마취총을 맞고
서서히 무릎을 꿇었다
그의 눈에는 눈물이 맺혀 있었다
무릎을 꿇은 자의 등에 채찍을 때려서는 안 된다

버스가 급정거할 때마다 나는 창백해지거나 선명해진다

뜨거운 입안에 살얼음이 낀다

No surprises

낙하산을 펼치며 눈송이들이 떨어진다

구름이 게릴라전을 벌이고 있다
절망의 바리케이드를 쌓고 또 허문다
우리는 추락하고 있다

우리가 웃었을 때 그들은 무표정했다
우리가 눈물 흘릴 때 그들은 침묵했다
우리가 무표정한 얼굴로 침묵했을 때 그들은 비로소 웃
었다

손바닥 위에 올려놓은 얼음 조각처럼
분노도 경악도 사그라진다
잿빛 눈물을 손등으로 문지르며

광대는 울면 안 돼, 세계가 울음바다가 되니까
광대는 웃으면 안 돼, 세계가 웃음거리가 되니까

정부는 우리를 대변하지 않는다*
우리는 추락할 때마저도 웃어야 합니까

우리의 기도는 바늘처럼 날카롭다
온몸이 바늘로 덮인 하느님

불에 탄 시체들이 하느님 주위에 스크럼을 짜고 있다

우리는 우리의 가장 낮은 신발을 벗어던진다
당신의 심장을 멈추게 하기 위해서가 아니다
당신의 얼굴에 신발 자국을 내기 위해서가 아니다

바람이 전향을 재촉한다
철탑은 거꾸로 선 나사와 같은 것
우리가 침묵의 나사를 조일수록
뿌연 하늘과 검은 땅이 단단하게 깍지를 낀다

* 라디오헤드의 노래 〈No surprises〉에서.

동심원

뿌연 공중에서 수많은 궁사들이 먹구름을 방패 삼아 활을 쏘아댄다.

수면은 얼마나 많은 과녁을 숨기고 있었던 것일까.

중심이 중심을 무너뜨리고 원이 원을 가둔다.

우리는 실수와 실패 사이에서 진동하고 있다.

다리 난간 아래 떨어지는 빗방울을 오래 바라보는 사람이 있다.

물 위에 돋아나는 눈꺼풀들, 깜빡인다.

색색의 우산들이 팝콘처럼 터지며 펼쳐진다.

등과 등 사이

승객들의 얼굴은 창밖을 향한다
텅 빈 눈으로 빈 접시를 핥아대는 고양이처럼 우리 모두
는 말이 없다

왼쪽 차창에 노을이 번진다
화염의 거울을 바라보는 벌겋게 달아오른 얼굴들
당신은 매캐한 연기 같은 눈빛으로 가끔 당신 뒤에 서 있
는 사람을 쏘아본다
뒷사람은 목이 칼칼한지 잔기침을 한다
등과 등이 맞닿으면 화들짝 놀란다
등줄기로 흘러내린 땀이 바지춤에 고인다

삶은 계란 노른자를 먹을 때처럼
목이 뻑뻑하고 꼬리뼈가 조금 자라는 느낌이 든다
서로의 꼬리뼈가 닿을 때마다
발톱이 신발을 뚫고 나올 것 같다

등과 등 사이에 사람이 있다
서로를 껴안을 수 없는 샴쌍둥이처럼
서로의 등뒤에서 눈이 내려도 돌아볼 것 같지 않은 사람들
당신 뒤에 서 있다고 해서 모두 적은 아닙니다

지금 이 버스에 폭탄이 설치되어 있다고 외친다면

당신은 창문을 깨고 뛰어내릴 것인가
　　의심 가는 사람의 멱살을 잡을 것인가
　　아니면 고개를 가랑이에 처박을 것인가

　　여기는 믿음의 나라
　　한 치의 의심도 허용치 않는 나라
　　믿어라, 믿어라, 믿어라
　　의심이 뭉게뭉게 피어오른다면 당장 이 버스에서 내려라
　　당신은 불 꺼진 집까지 부르튼 발로 걸어야 한다

　　버스 기사에게 종점은 안식일과 같은 것일까
　　우리들은 모두 낙과 같은 얼굴을 하고 집으로 돌아갈 수
있을까

　　울어라, 울어라, 울어라
　　이 버스가 눈물로 넘칠 때까지
　　지옥은 천국보다 한 평이라도 더 넓을 것이다

　　깃털 같은 구름이 뭉쳐 먹구름이 되듯 우리는 한 덩어리
가 되어간다
　　검고 무겁고 짙어지면서

　　털을 바짝 세운 고양이처럼 당신의 등에서 증오가 솟아나

는 것을 느낄 때마다
　나는 축축해진다

동상

비둘기 한 마리가 동상의 어깨에 걸터앉아 있다
성령인 듯 평화롭게

혁명을 밀고하는 편지를 받아본들 이미 늦었다
그는 미동도 하지 않는다
비둘기는 이쪽 어깨에서 저쪽 어깨로 옮겨다닌다

가끔 정수리를 콕콕 쪼기도 한다

그의 뒤통수에 침을 뱉어도 그는 고개를 돌리지 않는다
누군가의 죽음을 지목했던 손가락을
들어올릴 힘도 없이

젖은 낙엽이 그의 왼쪽 뺨에 흉터처럼 붙어 있다
그의 왼손에는 누구도 펼쳐본 적 없는 책이 들려 있다
그의 어록은 폐기된 지 오래다

지난밤에 누군가 그의 죽은 심장에 계란을 던졌다
인부들이 밀대와 양동이를 들고 와 그를 닦는다
구정물이 가랑이를 타고 흘러내린다

언젠가 저 동상의 목에도 밧줄이 걸리고
천천히 기울어질 때가 올 것이다

햇살이 망치를 들어 그의 발등을 내려친다

기념사진

한 발짝만 더 물러나주세요.

피아니스트는 피아노 덮개를 내리고
피라미드 모양으로 위태롭게 쌓여 있던 유리잔들은 치워
진다

우리는 프레임에 들어가기 위해 뒷걸음친다
우리의 뒤에는 검은 커튼

넥타이를 매만지고
안경을 고쳐 쓰고
단추가 잘 잠겼는지 확인한다
부드럽게 쥔 주먹은 바지 재봉선에 붙이고

하나, 둘, 셋

신부는 웃고 신랑은 땀을 흘린다
우리는 눈을 깜빡이지 않기 위해 렌즈를 응시한다
신혼부부는 사진첩을 하루에도 몇 번씩 꺼내볼 것이다
머지않아 액자에는 먼지가 쌓이고
하객들의 얼굴은 점점 희미해진다

셋, 둘, 하나

사람들이 다 찍힐 수 있게 조금만 더 밀착해주세요.

우리는 조금씩 몸을 한쪽 방향으로 틀고
선언문을 읽기 직전의 사람처럼 진지해진다
같은 표정에 도달해야만 우리는 여기서 벗어날 수 있다

우리는 텅 빈 객석을 보고 다시 한번 웃음을 짓는다

무지개가 뜨는 동안

여기는 그늘이고, 저기는 환한 빛 속이야.

커튼이 쳐진 교실은 어둑하고
커튼 틈으로 들어온 햇살이 촛대처럼 길게 늘어져
교실 바닥을 두 쪽으로 쪼갠다

우리는 창틀에 팔꿈치를 괴고 무지개를 바라본다
처음과 끝이 희미해서 아슬아슬한 무지개
손으로 잡기에는 너무 멀고 뛰어가면 사라져버릴

운동장에서 단체 줄넘기를 하는 아이들은 한 마리의 벌
레 같다
지구가 생기고 난 뒤 한 번도 멸종된 적이 없는
구름에 대해 생각하는 오후

먼지 속에 갇혀 운동장에서 뛰고 있는 아이들에게
우리는 유령처럼 보이겠지.

우리의 손가락 사이로 송사리떼 같은 햇살이 스쳐간다
우리는 서로 뜨거운 이마를 손바닥으로 짚어준다
너의 슬픔은 찰랑거린다
그 수면에 손바닥을 갖다대면
오른눈은 반달 모양으로 웃고 왼눈엔 주먹만한 눈물이 맺

흰다

우리가 평생 동안 흘릴 눈물을 모은다면
몸피보다 더 큰 물방울이 눈앞에 서 있을 거야.

누군가 텅 빈 교실 문을 열고 들어온다
우리는 가만히 숨을 멈추고 몸을 포갠다
훈풍이 불어와 커튼을 펄럭이자
우리의 등뒤로 뚱뚱한 거인의 그림자가 늘어진다
그녀는 바닥에 쪼그리고 앉아 그림자의 어깨를 토닥인다

여기는 투명한 그늘이고
저기는 여전히 물방울이 타오르고 있어.

꽃의 내전

푸른 나무 그늘 아래 꽃의 공동묘지가 있다

꽃 꽃 꽃
꽃망울 같은 혓바닥이 입천장을 살짝 건드리며
윗니와 아랫니 사이에서 돋아난다
떨리는 목소리처럼 꽃들이 아슬아슬하다

초록 케이크에 꽂힌 수많은 초들
불붙은 웨딩드레스
검은 유리창을 뚫고 투신하는 목숨들
촛대는 언제나 심지보다 오래 살아남는다

꽃들에게도 사다리가 있었으면
꽃들에게도 계단이 있었으면
꽃들에게도 비상구가 있었더라면

꽃은 꽃을 겨누지 않는다
꽃은 꽃을 밟지 않는다

불꽃과 촛대가 몸을 비벼 만든 촛농 속으로
심지는 천천히 가라앉는다

서서히 마취되어가는 잇몸처럼

잇새로 번져나오는 선홍빛 핏물처럼
해장국에 뜬 선지처럼

꽃들이 검게 굳어간다

검은 숲

그 숲에 가면
딱딱한 나무들이 있고
딱딱한 나뭇잎들이 흩날리고
검은 새들이 서로 딱딱한 부리를 비비지

어둠이 척추를 곧추세우고 우리를 막아서면
우리는 앞사람의 어깨를 짚고 원을 그리며 돈다
머리와 꼬리가 맞물린 노래

트랄랄라 트랄랄라 트랄랄랄라

우리는 서로의 검지를 들어 가만히 입술에 댄다
깊어지는 인중만큼 침묵은 두터워진다

눈동자가 녹아버릴 만큼 뜨거운 날이 있었지

트랄랄라 트랄랄라 트랄랄랄라

하나의 슬픔이 다른 모든 슬픔을 아우를 때
하나의 거짓이 다른 모든 아픔을 짓누를 때

향로에 꽂힌 향의 끝이 타오르는 것처럼
빨갛게 돋아나는 꽃잎들, 얼굴들

모서리에 부딪쳐 사라지는 파문들

트랄랄라 트랄랄라 트랄랄랄라

검은 새는 공중에 몸을 싣기 전에 나뭇가지를 꽉 움켜쥐고
우리는 간밤에 내린 절망들을 손으로 쓸어담는다

검은 숲에는 딱딱한 노래가 흐르지
검은 숲에는 바닥없는 절벽만이 가득하지

트랄랄라 트랄랄라 트랄랄랄라

4부

이무기는 잠들지 않는다

꽃과 뼈

관을 불 속에 넣고 유족들은 식당에 간다
두 시간 남짓,
밥 먹고 차 마시기 적당한 시간이다

젖은 손수건을 내려놓고 목을 조였던 넥타이를 풀고
숟가락과 젓가락을 챙긴다
검붉은 선지를 입에 떠 넣고 우물거린다

어쩌면 영혼은 흰 와이셔츠에 묻은 붉은 국물 자국 같은 것
몇 번 헹궈내면 지워지고 마는

관에 불이 붙고 수의가 오그라든다
살갗이 벗겨지고 뼈가 드러난다
우리는 모두 타는 것과 타지 않는 것으로 분리된다

의자에 걸쳐놓은 영정사진이 웃고 있다

그의 손을 잡았을 때 나무껍질 바스러지는 소리가 났었다
붕대를 몇 겹이나 두른 배에 꽂아놓은 관으로
수액이 계속 흘러나왔다
그는 말라갔다 완전 연소를 꿈꾸며

나는 봉지에 든 귤을 천천히 까먹었다

손톱이 아릴 때까지
얼굴이 노란 물풍선이 될 때까지

뼛가루를 뿌려놓은 듯 하얀 벚꽃이 난만하다
목말 탄 아이가 팔을 허공에 젓는다
뭉텅 뭉텅, 구름이 지나간다

몸통이 찢긴 벌레를 이고 가는 개미의 행렬
앞산 공동묘지에는 화농 같은 봉분이 피어 있고

꽃피네, 꽃이 피네

구야, 참꽃이 코피 쏟아놓은 것맹키로 우째 저리 타오를
꼬, 앞산 날망에도 뒷산 골짝에도 천지 삐까린 기라, 한 움
큼 따다 입안에 넣으면 헛헛한 속이 달래질라나

참꽃은 참말로 희한케도 길가에도 안 피고 깊은 산에도 안
피는 기라, 길가도 아니고 깊은 산도 아닌 똑 어중간한 자
리에 피는 기라, 부끄럼도 많고 외롬도 마이 타서 그렇것제

우짜믄 그런 자리가 얼라들을 묻은 데라서 그런지도 모르
제, 너그 작은할아부지가 덕석에 말아 지게에 지고 가 묻은
동상도 서이나 된다 카이 오죽하것노

구야, 전장중에 이 산골짝에도 빨치산들이 무시로 내리와
서 동네 사람들을 해꼬지 안 했나, 밤마다 내려와서 밥해달
라 캐싸서 한여름에 변소간도 못 가고 요강에다 볼일을 안
봤나, 지린내가 등청을 해도 할 수 없었제

옆 동네에는 사람도 하나 안 끌리갔나, 회관 앞에 사람들
모아놓고 손이 젤 하얀 사람이라꼬 잡아갔다 카더라, 앞산
날망까지 끌고 가서 총을 놨다 안 카나, 참말로 저 꽃들이
다 피인 기라

빼재* 골짝에는 빨갱이 잡으러 온 순사들이 지나가다가

말캉 총 맞고 죽었제, 온 또랑에 피칠갑을 해서 물도 못 묵
었는 기라, 내사 그때부터 노을에 물든 또랑만 봐도 오금이
저리서 날 어두워져서야 물을 건너고

  구야, 니는 대처로 나가 살아야 한대이, 가서는 총도 잡지
말고 펜대도 굴리지 말고 참꽃맬로 또랑또랑 살거라이, 나
서지도 숨지도 말고, 눈을 부릅뜨지도 감지도 말고, 꽃이 피
인 기라, 피가 꽃인 기라

* 경남 거창군과 전북 무주군의 경계에 있는 고개.

파브르의 여름

태양이 신작로를 핥는다
발을 디디면 움푹움푹 빠질 듯하다

한 아이가 제 발에 걸려 넘어진다 팔에 얼굴을 묻고
울음을 터뜨린다
한참을 엎드려 있다가 스스로 무릎을 털고 일어선다
검은 아스팔트 위에 남은,
걸을 때마다 삑삑 소리가 나는
하늘색 샌들 한 짝

어릴 적 할머니는 신발을 사줄 때 신발 앞을 엄지손가락
으로 눌러보곤 했다
신발은 발에 맞기도 전에 떨어졌다
낡은 소파 위에 팔을 괴고 눕는다
할머니의 베개에서는 늘 파마약 냄새가 났다

눈가에 주름이 많은 사람에게 눈길이 오래 머문다
잘 웃는 사람은 잘 울기도 한다
주름에서 와서 주름으로 나가는 것
한참을 쪼그리고 누워 있다가 무릎을 펴자
우두둑 소리가 난다
오금에 새겨지는 주름

한쪽 뺨이 파인 낮달이 허공에 떠 있다

읍(揖)하듯 날개를 가지런히 모으고
나무에 매달려 있는 매미
자신의 몸을 떠오르게 했던 것이 명정(銘旌)이 되었다
바닥에 엎드려 울고 있는 아이를 달래듯
조심스럽게 떼어내 바지 주머니에 넣는다

가장 무더웠던 여름만을 사람들은 기억한다

복수에 빠진 아버지

백중물*이 주룩주룩 내리고 있었다
남부터미널에 내리자마자 그는 연거푸 담배를 피웠다
나도 모르는 사이에 복수가 들어찼다 심장 아래께
젓가락만한 주삿바늘이 박혔다

그는 분주한 사람들 틈바구니에서 계속 뒤처졌다
내 옷깃을 몇 번이나 잡으려다가 그만두었다
왼쪽 옆구리에 찬 복수가 출렁거렸다

내 키가 지금의 절반이었을 때, 그와 나란히 오줌 눈 적
있다
내 눈앞에 그의 거시기가 있었고 그 끝에서 오줌 줄기가
시원하게 뻗어나갔다
영대병원 중환자실에 누워 있던 그의 몸을 수건으로 닦
다가
볼품없이 쪼그라든 그것을 다시 보았다
나는 고개를 돌리고
하늘색 모포로 그의 아랫도리를 덮었다

검은 지하철 유리창에 하얀 내 얼굴이
걸려 있다 그의 머리는 한 뼘 정도 내 아래에 있고
나는 그가 살아온 생의 절반을 가로지르고 있었다
할아버지는 초등학교 6학년 여름방학이 끝나도

118

그를 학교에 보내지 않았다 그는
백중물을 보며 하루종일 울었다고 한다

농약줄이 엉킨 것처럼 복잡한 지하철 노선도를
그는 물끄러미 바라본다
이마에 돋아난 푸른 링거줄
내 몸이 천천히 왼쪽으로 기운다
우리는 환승역을 놓치고 지하철은 어둠 속을 파고든다

엑스레이 필름처럼 검은 유리창 속에
그와 내가 흔들리고 있다

* 백중(伯仲)날이나 그 무렵에 많이 오는 비.

119

빙글빙글

1. 붉은 사막

정오의 햇살이 경운기를 짓누른다 숨이 찬 듯 경운기는 밭은기침을 쏟아낸다 손바닥에 뿌려놓은 라면 수프를 찬찬히 핥아먹는 사내아이 붉은 사막 같던 라면 수프가 흔적도 없이 사라진다 새카맣던 손바닥에 새하얀 동그라미 하나 새겨진다 경운기 엔진에 붙어 있는, 정신없이 돌아가는 조그만 볼록거울 거울 속의 아이는 볼거리에 걸려 있다

2. 볼거리에 걸린 아이

아부지, 얼굴이 이상해요. 퉁퉁 부은 것 같아요. 저 너머에 있는 것들이 모두 빙글빙글 돌아가요. 나비들이 후드득 떨어져요. 어지러워요, 무서워요. 열 밤을 자도 엄마는 안 오잖아요. 이젠 더이상 셀 손가락도 없어요. 손가락이 열두 개였으면, 서른 개였으면. 아부지, 엄마는 정말 선녀였어요?

3. 햇빛 속의 전갈

농약줄 끝에 매달린 약대에서 뽀얀 눈가루가 쏟아진다 그 아래 숨바꼭질하는 무지개 그의 어깨에 감긴 노란 약줄 그는 독이 오른 전갈처럼 목을 치켜들고 꾸역꾸역 햇살을 헤치며 나아간다 노란 뱀이 꿈틀거린다 팽팽해지다 기어이 끊어진다 코발트 빛 약이 하늘로 치솟는다

4. 승천하는 아버지

목이 탄다. 혓바닥에 낀 허연 백태가 모래사장처럼 서걱거린다. 앞산과 뒷산의 과수원에서 흘러나오는, 우리 만남은 빙글빙글 돌고 여울져가는 저 세월 속에…… 멀리 학교 종소리. 햇살을 만진다. 자꾸 눈이 감긴다. 낮달의 아래쪽이 갈라지며 검은 두레박이 내려온다. 아버지가 하늘로 떠오른다. 풋사과를 파먹고 있던 때까치들이 날아올라, 노오란 태양 주위를 쉬지 않고, 맴돈다.

5. 멍든 저수지

어미가 집을 나간 후 아비마저 사라질까 학교에도 가지 못하는 아이의 얼굴에 달이 뜬다 약병과 약봉지가 둥둥 떠다니는 조그만 저수지 그는 시퍼렇게 멍든 물을 떠 세수를 한다 눈 안에서 아른거리는 은빛 실뱀들 손금에 박혀 있는 새하얀 농약 가루, 지워지지 않는다

손톱이 자란다

장례식장에 가기 전 손톱을 자른다
어디까지 잘라야 할지 망설인다
사방으로 튄 손톱들 침을 묻혀 들어올린다

검은 정장을 입고 바닥에 눕는다
깍지 낀 손으로 명치를 누르고 내 안의 숨이 다 빠져나갈
때까지 휘파람을 분다
어항 속의 금붕어가 수면 위로 입을 내밀면
천장에 일렁이는 빛의 물결
내리막을 쏜살같이 내려가는 자전거의 경적
텅 빈 놀이터에서 들려오는 아이들 웃음소리
눈꺼풀에 쌓인다

떠난 자에게는 두 번의 절을
남은 자에게는 한 번의 절을

링거줄 같은 비행운이 한참 공중에 떠 있다
눈이 붉어질 때까지 비벼도 사라지지 않는다
창틀에 앉아 있던 흰 고양이가 발톱을 창틀에 긁어대다가
저 너머로 훌쩍,
뛰어내린다
세로로 가늘어지는 고양이의 눈동자
영정 뒤에서도 자라고 있을 손톱

살을 비집고 나온 뼈가 살을 덮는다

잘려나간 손톱만큼 나는 가벼워졌을까
차오르는 눈물만큼 나는 무거워졌을까
기지개를 켠다

비행기 바퀴가 아슬아슬하게 땅에서 떨어질 때
오르막에서 간신히 자전거 페달을 한 바퀴 굴릴 때

손톱을 깎듯 딸, 깍 눈을 감았다가 뜬다

공회전
—동식에게

죽은 화분에 물을 준다

우리는 한 배를 타고 서로 뒤를 향해 노를 저었다
석양에서 뻗어나온 붉은 칼이 우리 사이를 갈랐다
우리 사이에는 기억의 비무장지대가 있다

네 몸은 과녁에 꽂힌 화살처럼 떨리고 있었다
바람에도 칼날이 있음을 꽃 진 자리를 보고 알았다

벼랑을 끼고 도는 자동차의 헤드라이트 불빛이 어둠을 휘
젓는다
빛의 동굴이 파였다가 사라진다

우리는 커튼을 사이에 두고 마음 없이 입술을 비빈다
숨결은 빠져나가지만 혀는 제자리를 맴돈다
숨결의 가시밭을 건너 노래가 흘러나올 수 있을까

돌을 채워넣은 모자처럼 너는 가라앉는다
검은 물이 너를 뒤덮고 너의 얼굴에는
더이상 주름이 새겨지지 않을 것이다
죽음을 향해 발길질하던 심장도 고요해질 것이다

붉은 구름은 정지해 있다

구름에도 중력이 있다
지구 자전의 속도로 구름은 흐르고 있다
푸른 달이 뜨기 전에 우리는 강안에 닿을 수 있을까

죽은 화분을 빠져나온 물이 한없이 투명하다

뫼비우스의 띠

면회실 간유리 너머 그가 있다 뺑소니였다 며칠 동안 감지 못한 머리가 번들거린다 그는 전화선을 꼬았다가 풀고 다시 꼬았다 그와 나 사이를 쇠창살이 이중으로 가로막고 있다 누가 갇혀 있는 건지 모호했다 불투명한

간유리가 서로를 비춘다 흐릿하게 겹쳐지는 얼굴들 그는 고개를 떨어뜨린다 그의 손목에 채워진 은빛 수갑, 간유리 가운데 연탄 구멍 같은 원형의 통음구로 미세한 바람이 왔다갔다한다 형광등이 번득거리고 바깥에선 소나기가

퍼붓기 시작했다 남동생은 제발 정신 좀 차리라고 말했고 여동생은 술 좀 그만 마시라며 울먹거렸다 푸석푸석한 파마머리를 매만지며 어머니는, 체념과 하소연이 섞인 장광설을 늘어놓았다 제복 입은 경관이 우리를 안쓰럽게 쳐다보며

시간을 쟀다 수학의 정석을 풀다가 집어던졌다 할아버지의 기일, 제상 앞에서 술주정하던 그의 명치를 내질렀다 방바닥을 굴러다니는 그를 내려다보고 있을 때 할머니가 나무뿌리 같은 손으로 내 등을 때렸다 오른팔이 떨어져나가 벌레처럼

꿈틀거렸다 그는 소화가 안 된다며 명치끝을 문지른다 그의 가슴에 박힌 연탄 구멍에 손을 갖다댄다 검은 구멍에서

널름거리는 푸른 꽃 나는 연탄재처럼 굳어가며 꼬인 전화선 ―
을 조금씩 풀어본다 쇠창살 같은 비가 손등에 내리꽂힌다

―

기생

푸른색에서 붉은색으로 이행하는 사과를 때까치들이 쫀다
만년필 촉 같은 부리로 집요하게 파내려간다
새는 한번 쫀 사과를 다시 쪼지 않는다

사과 속살처럼 새하얀 애벌레는 몸을 말고
어떤 적의도 없이 달콤한 우화(羽化)의 꿈을 꾼다
끈적끈적한 어둠 속에서

입술이 없으면 이가 시리고
혓바닥이 없으면 아무런 맛도 느낄 수 없다
자신의 혓바닥을 잘라내려고 악관절에 힘을 주다가
스르르 힘이 풀릴 때
우리는 웃어야 하는가 울어야 하는가

세상에서 가장 무거운 관뚜껑도 벌레의 침입을 막을 수
없다
벌레는 내 안에 더 많다
내 몸은 벌레들의 식민지
내 몸은 낙서와 이끼로 덮인 방공호
내 몸은 모든 꿈의 종착역

사과를 한입 베어 물기 위해 입을 한껏 벌릴 때 찡그린 눈
가에 고이는 눈물은 환희인가 슬픔인가

사과는 단단해지기를 포기한다
사과는 흐물흐물해지면서 녹아내린다

딱딱한 어깨가 나를 끌고 간다
물컹거리는 열기가 나를 짓누른다
영혼의 애벌레가 뜨거운 혓바닥 위를 기어간다

구름은 살점을 떼어내며 형체를 잃어가고
나무들은 쿨럭쿨럭 푸른 고름을 뱉어낸다

울 엄마 시집간다

해가 설핏 넘어갔는데도 우째 이리 눈이 부실꼬, 너그 고
모들은 휴가 나왔으면 가만히 앉아서 쉬기나 할 요량이지,
저래 물에 들어가 나올 생각을 안 하니 내사 모를 일이다,
처녀 적에도 고디 잡으러 간다꼬 나서서 저물도록 집에 안
들어와 맘고생을 시키더만, 너그 할아부지는 큰애기들이 싸
돌아댕긴다꼬 울매나 성화였는지, 하이고 물팍이 쑤시서 좀
앉아야 쓰것다, 하눌이 온통 단풍 들었구나

구야, 니 고디가 새끼를 우째 키우는지 아나, 고디는 지 뱃
속에다 새끼를 키우는 기라, 새끼는 다 자랄 때꺼정 지 어미
속을 조금씩 갉아묵는다 안 카나, 그라모 지 어미 속은 텅
비게 되것제, 그 안으로 달이 차오르듯 물이 들어차면 조그
만 물살에도 전디지 못하고 동동 떠내려간다 안 카나, 연지
곤지 찍힌 노을을 타고 말이다, 그제사 새끼들은 울 엄마 시
집간다꼬 하염없이 울며 떼를 쓴다 안 카나, 울엄마시집간
다꼬—, 울엄마시집간다꼬—

의자는 생각한다

의자는 생각하는 사람처럼 앉아 있다

수평선을 바라보며
수평선이 그려진 그림을 바라보며

구름이 왼쪽 귀로 들어와 오른쪽 귀로 빠져나간다

다정한 연인처럼
창에 비친 서로를 바라보며 낡아가고 있다.

삶의 절반 동안 기억해야 할 일들을 만들고
나머지 절반 동안은 그 기억을 허무는 데 바쳐진다

아무도 모르고 지나친 생일을 뒤늦게 깨닫고는 다음해의
달력을 뒤적거린다

누군가 자신의 어깨를 툭 치고
이제 문 닫을 시간입니다, 라고 말해주기만 기다리고 있다

금방이라도 무릎을 짚고 일어설 것처럼
의자 위에 물음표 하나가 앉아 있다

구름의 초대장은 아직 도착하지 않았다

눈 속의 사냥꾼*

나는 토끼의 붉은 눈이 보고 싶었지만
아버지가 잡아오는 토끼들의 눈은 언제나 검게 굳어 있
었다
그는 아침마다 철삿줄을 어깨에 감고 뒷산에 올라갔다
싸이나를 채워넣은 찔레 열매를 꽃다발처럼 들고

간혹 꿩이라도 한 마리 걸려든 날이면
그의 어깨는 더욱 딱딱해졌다
굶주린 까마귀들이 그의 머리 위를 선회했다

아버지가 산에 간 날은 하루종일 재봉틀 페달에 걸터앉
아 있었다
어머니는 무언가를 계속 꿰매고 있었다
뒤축이 닳은 양말
담뱃불에 타버린 아버지의 코르덴 바지
커튼을 떼어 이불 홑청을 만들기도 했다

　　　　어머니, 코를 풀면 하얀 실밥들이 뭉쳐 있어요.
　　　　콧속에서 나온 실뭉치가 네 꿈이란다, 그만 자렴.
베개 속에서 사각거리는 소리가 나서 잠을 잘 수가 없어요.
　　　　　　　어머니, 베개 속에 쥐가 사나봐요.
　　　　　　　쥐가 내 꿈을 다 갉아먹어요.

아버지는 맷돌에 간 낫을 달빛에 비쳐 보고
흐뭇한 미소를 지었다
날에 비친 아버지의 눈은 붉게 빛났다
어머니는 밤새 토끼 가죽으로 동생을 만들었다

아버지, 잠이 오지 않아요.
문풍지가 울어요.
애야, 울타리를 뛰어넘는 양을 세렴.
전 양을 본 적이 없는걸요.
그럼, 염소를 세거라.
검은 염소들이 나무에 묶여 울고 있어요.
내 일기장을 뜯어먹고 있어요.

아버지는 토끼를 삶아 먹고 아침마다 붉은 기침을 토했다
나는 그게 다 토끼의 눈 때문이라고 생각했다

토끼털 같은 눈이 날리고
아버지는 경운기에 쌀을 싣고 면소재지에 갔다
그는 취해서 돌아왔다

화투장의 뒷면처럼 붉은 달이 떠 있었다

* 피터르 브뤼헐의 그림.

할아버지는 들에 가서

구야, 감꽃 맛있쟤? 너그 할배 무덤가에도 감꽃이 수두룩
하것다, 그날 빨래만 하러 가지 않았으모 그래 세상 베리지
는 않았을 낀데, 까치밥 딸 게 뭐 있다고 감나무에 올라갔는
지 내사 모를 일이다, 그때 우째 집 앞 신작로까지 뛰어왔능
가 모르것다, 눈에 아지랑이가 낀 거맬로 어찌나 어지럽던
지, 온몸에는 히바리가 없고 발은 허방을 밟는 것 같고, 입
에 피거품을 물고 쓰러져 있는 걸 보고는 깜빡 자물씰 뻔했
다 아이가, 그 높은 곳에서 널쪘어도 정신이 있었는지 눈으
로 나를 찾으면서 손안에 피범벅이 된 이 세 개를 쥐여줬능
기라, 내사 너그 할배 손을 잡고 웃도 못하고 울도 못하고
가만히 안 서 있었나

묏자리 팔 때도 돌이 어찌나 많이 나왔던지, 들강*이었던
밭이라 그랬것제, 너그 할배가 집채만한 돌을 세 개나 집어
냈는데도 말이다, 어금니 빠진 자리 같은 땅속에 관이 내려
가는데 내는 암시랑토 않았다, 게춤에 들어 있던 이만 만지
작거리고 있었제, 너그 고모들도 다 내리가고 내 혼자 노을
속에 잠겨 있다가 그놈을 뫼똥 귀티에다 안 묻어줬나, 허청
허청 집에 돌아오는데 너그 잔할매가 개복숭맬로 볼이 튼
니 동상을 업고 저수지 짬에서 지둘리고 있더라, 얼라 놀랠
까봐 장지에 오지도 못하고, 고 어린 게 생이** 나가는 거
보고 이캤다 카더라, 할아부지 들에 가더만 안 온다, 할아부
지 들에 가더만 안 온다—

134

* 돌이 무더기로 모여 있는 골짜기 혹은 평지.
** 상여(喪輿)의 경상도 방언.

눈보라*

이 배는 항구로 돌아갈 수 없을지도 모른다
악몽 속의 악몽처럼

앙상한 깃대에 밧줄로 몸을 묶고 눈보라 속에 있으면
증기선은 사나운 짐승이 되어간다
검붉은 연기를 토해내며

내가 보고 있는 눈보라
나를 보고 있는 눈보라

우리가 맹목이 될 때까지 누군가 빠르게 지구본을 돌리
고 있다
우리는 딱딱한 기도에 몸을 맡긴다

하늘을 향해 치켜든 말발굽처럼
목을 조르려는 손아귀처럼

내 눈을 후벼파는 손가락이여
내 눈 속을 파고드는 무거운 천사여

증기선과 항구 사이에 매서운 눈보라가 가득하다

* 터너, 〈눈보라—항구 어귀에서 멀어진 증기선〉.

거기, 누구?

비틀거리며 집으로 돌아오는 길에 그림자를 깎고 있는 남자를 보았다. 그는 축축한 벽에 기대어 땅 위에 비친 자신의 그림자를 둥근 조각칼로 오리고 있었다. 그것을 파내면 자신이 그 골목에서 벗어날 수 있다는 듯이, 단호하고도 집요한 손놀림으로. 손끝이 부르르 떨린다. 그는 절벽 앞에 선 사람의 표정을 하고 있었다. 그는 자신의 생을 도려내고 싶었는지도 모른다. 거기, 누구요? 그가 갑자기 고개를 들고 내 쪽을 향해 소리를 질렀다. 그의 때 묻은 손톱이 잠깐, 침침한 가로등 불빛에 반짝, 빛났다. 우리들의 머리 위로 전깃줄이 잉잉거리고 있었다. 그는 다시 작업에 열중하기 시작했다. 나는 그의 작업이 성공할까봐 조마조마했다. 그가 작업을 끝내고 내게 뚜벅뚜벅 걸어와 내 손을 끌고 그 자리에 나를 앉히고 홀연히 떠날까봐, 두려웠다. 나는 발가락 끝으로 땅을 있는 힘껏 누르고 있었다. 그의 작업이 발뒤꿈치를 지나 발가락 끝에까지 다다랐을 때, 그림자가 일어나 그의 위에 쓰러졌다. 그리고 나는 뒷걸음치며 골목을 빠져나왔다, 그 축축하고 침침한 골목을.

이무기는 잠들지 않는다

구야, 너그 아부지 너무 원망치 말거라, 가가 원래부터 저런 건 아니었제, 그때 그년 다리몽댕이를 분질러서라도 붙들어매었어야 했는디, 그년 찾아댕긴다꼬 온 천지를 안 싸돌아댕깄나, 그카더만 너 나던 해부터 그만 집에 눌러앉더구나, 그래도 겨울만 되면

저래 천지를 모르고 눈도 안 뜨고, 내 지금도 그년 생각만 하면 속에서 천불이 인다 아이가, 한번 살아볼 끼라꼬 모진 데 가서 고생하는 놈을 팽개치고 무신 부귀영화를 누릴라꼬 그랬는지, 내 지금도 서울 쪽으로는 눈도 안 돌리제, 구야, 저 봐라, 앞산 능선을 타고 가는

은빛 갈치 같은 것 말이다, 저놈이 바로 이무기란 것이제, 응? 니 눈엔 안 보인다꼬? 이무기는 산 깊숙한 굴에 숨어 살다가 천 년에 한 번 하눌이 열리는 날, 여의주를 입에 물고 올라가 용이 되는 기라, 니캉 내캉 저 우에 올라갈 수 있으면 울매나 좋을꼬, 속이

뻥 뚫리것제, 근데 그놈이 올라가다 그만 여의주를 떨어뜨린 기라, 새끼 밴 것만 보면 놀래가, 그걸 찾을라꼬 저래 잠도 못 자고 천지간을 떠돌아댕기는 기라, 지난여름 가뭄도 다 저놈이 강짜를 놓은 것이제, 뭐라꼬, 아직도 안 보인다꼬? 저래 환히 빛내면서 날아가는 게 안 보인다 카이

내사 모를 일이다, 하이고 무신 놈의 날이 이리 칩을꼬, 너그 아부지 길바닥에 눕어가 얼어죽으면 우짜노, 어여 가자, 어여, 구야, 근데 이상타, 와 너그 아부지 발자국이 안 보이노, 새맬로 날개가 달리서 하늘로 솟은 긴지 땅으로 꺼진 긴지, 귀신이 곡할 노릇이제, 참말로 귀신이 곡할 노릇이라

해설

6년 동안의 울음
신형철(문학평론가)

"언제나 아이처럼 울 것"[1]

1. 서론 : 최초의 입맞춤을 생각하는 일

　　시계탑에 총을 쏘고
　　손목시계를 구두 뒤축으로 으깨버린다고 해도
　　우리는
　　최초의 입맞춤으로 돌아갈 수 없다

　　　　　　　　　　　　　　　　　　—「유빙」부분

　신철규의 등단작 「유빙」의 한 대목이다. 2011년 벽두에 이 시를 처음 읽었을 때부터 특히 저 구절이 좋았다. 누군가가 이 구절에서 그저 감상적인 회한만을 읽어낸대도 반박하기 어려울지 모른다. 그러나 나는 이런 문장을 쓰는 사람이라면 신뢰할 수 있겠다고 생각했다. 시인으로서의 재능에 대한 신뢰가 아니라, 그보다 더 중요한, 인간으로서의 깊이에 대한 신뢰였다. "최초의 입맞춤"이 상징하는 어떤 이상(理

---

1) 최승자, 「올여름의 인생 공부」, 『이 시대의 사랑』, 문학과지성사, 1981. 신철규의 2011년 조선일보 신춘문예 당선 소감에서 재인용.

想)적 상태의 소중함을 아는 사람만이 그 이상에 미치지 못하는 현실 혹은 그 이상을 배반하는 상황을 비통해할 수 있다고 생각하기 때문이다. (최초의 입맞춤을 망각하고 사는 사람도 있고 매번 최초의 입맞춤을 하며 사는 사람도 있는 것이다.) 또 "시계탑에 총을 쏘고" "손목시계"를 밟아 부순다는 구절 같은 것은 그런 이상과 현실의 괴리 때문에 울어본 사람만이 쓸 수 있을 것이라고 생각했다. 이런 생각을 하고 나니 그가 어떤 사람인지 알 것 같다는 느낌이 들었는데, 아마 그는 좀 특별한 방식으로 순수한 사람이 아닐까 싶었다. 다짜고짜 이렇게 시작되는 아래 당선 소감을 읽고 나서는 더욱 그랬다.

"나의 상처가 타인에게 상처를 줄 수 있는 면죄부가 되지는 않는다. 우리는 상처받지 않기 위해 타인에게 상처를 주지만, 그렇다고 해서 자신의 상처가 지워지지는 않는다. 우리가 증오해야 할 대상은 상처받은 사람도, 상처받지 않은 사람도 아니다. 지금도 여전히 자신의 상처를 지우기 위해 타인을 벼랑 끝으로 내모는 자들이다."

처음에는 이 글이 좀 기묘해 보였다. 타인에게 상처를 주는 사람 자신의 상처까지 논의 안에 끌어들인 탓에 문맥이 복잡해졌기 때문이다. "타인을 벼랑 끝으로 내모는 자들"이 실은 "자신의 상처를 지우기 위해" 그런다는 것을 굳이 헤아

143

려주고 있거니와, 그러면서도, 그렇기 때문에 그들은 더 나쁜 사람인 것이라고 못을 박는다. 두 번 뒤집어서 제자리로 돌아온 문장이라고 할까. 어쩌면 위 대목은 타인에게 상처를 주는 사람을 '무의식적으로' 이해하려는 마음과 그를 '의식적으로' 비난하려는 마음이 충돌하면서 쓰인 것이 아닐까. 나는 이 글의 숨은 수신자가 혹시 시인 자신인 것은 아닌지, 과거의 혹은 미래의 자신에게 관대해지려는 마음을 스스로 이겨내기 위해 자기 자아 중 하나를 공개 처형한 것은 아닌지 묻고 싶어졌다. 그만큼 '관계와 상처'에 관한 한 결벽증적인 기준을 갖고 있는 사람이어서 이런 글을 쓰고 만 것이라고 나는 짐작했다. 그와의 첫 만남이 이와 같았으므로 그에게 관심을 갖지 않을 수 없었던 것이다.

2. 총론 : 날개 잃은 천사의 서(書)

그후로 6년 동안 그가 저 한심하고 끔찍한 정권들 하에서도 시를 포기하지 않은 것은 다행스러운 일이다. 그가 첫 시집을 묶으려고 추린 60편 남짓의 시를 읽으며 나는 그가 어떤 사람인지 다시 한번 생각하는 시간을 가졌다. 그러다가 그가 어떤 사람인지를 안다고 말하기는 어려워도, 적어도 이 시들의 공통된 화자가 누구인지에 대해서는 좀 알겠다 싶었다. 내 생각에 이 화자는 사람이 아니다. 사람이 아

니라면 무엇이란 말인가. 그의 시를 읽으면 쉽게 파악할 수
있는 한 가지 특징은 그가 극소수의 예외를 제외하고는 시
종일관 '-(이)다'라는 어미(語尾)로 된 객관적 보고서 스타
일의 평서문을 구사한다는 점이다. 그런 문장들이 딱딱하고
단조롭다는 느낌을 주기보다는, 그러지 않았으면 폭발하고
말았을 어떤 감정이 대단한 자제력으로 억제돼 있는 것처
럼 느껴진다는 점이 중요하다. 그렇다고 그것이 무슨 기교
처럼 느껴진다는 말은 아니다. 한국어를 배워 익힌 이방인
의 문장이 가질 법한 단순함과 정직함의 미덕이 여기에 있
다. 그래서 이런 생각을 한다. 지상에 파견된 천사가 인간의
언어를 배워 세상의 슬픔을 기록한다면 이와 같지 않을까,
하고. 예컨대 화자가,

　　하루종일 벽을 따라 걸었다
　　나는 모서리에 자주 부딪쳤고 그때마다 벽은 피를 흘
　렸다
　　　　　　　　　　　　　　　　　—「어둠의 진화」 부분

라고 쓸 때, 이런 구절이 범상하지 않게 보이는 것은, 벽의
모서리에 부딪치는 많은 사람이 대개는 자신이 피를 흘린다
고 생각하지 벽이 그럴 것이라고 여기지는 않을 것이기 때
문이다. 이런 모습은 천사가 아닌 나 같은 인간의 눈에는 놀
랍게 보인다. 나는 어딘가에, 18세기 계몽의 시대에 필요했

던 것이 '자신의 지성(understanding)을 사용할 줄 아는 용기'(칸트)였다면, 21세기 또 한번의 계몽을 위해 필요한 것은 지성이 아니라 감수성(sensitivity)일지도 모르겠다고 쓴 적이 있는데, 여기서 감수성이란 '타자의 고통에 대한 민감성'과 다른 것이 아니다. 그 감수성이 부족한 (나를 포함한) 인간들이 있는가 하면, 이처럼 자기와 부딪친 벽의 고통을 느끼는 존재도 있는 것이다. 이것은 인간에게는 윤리적 상상력의 문제이지만 천사에게는 너무도 당연한 사실의 문제인 것일까. (노파심에 반복하지만, 나는 지금 한 인간으로서의 신철규가 사실은 천사라고 주장하고 있는 것이 아니라, 그의 시를 끌고 가는 특별한 주체의 성격에 관해 말하고 있는 것이다.) 그런 존재의 눈에, 이토록 고통이 많은 세계는 어떻게 보일까.

동물원을 탈출한 기린은 마취총을 맞고
서서히 무릎을 꿇었다
그의 눈에는 눈물이 맺혀 있었다
무릎을 꿇은 자의 <u>등</u>에 채찍을 때려서는 안 된다
　　　　　　　　—「마비」부분(밑줄은 인용자, 이하 동일)

우비를 뒤집어쓰고 <u>등</u>을 돌린 채 직사의 물대포를 맞고 있는 사람이 있다
죽은 물고기를 씻어내는 수돗물처럼 얼음 탄환이 쏟아

진다
　하얀 물거품을 일으키며 아스팔트 바닥에 물이 흩어진다
　　　　　　　　　　　　　　　─「연기로 가득한 방」 부분

　여기에 굳이 주석을 단다면, '채찍질당하는 기린'은 저 유명한 니체의 말〔馬〕로부터 온 것이라고 할 수도 있겠고[2], '물대포를 맞고 물고기처럼 쓸려나가는' 남자의 모습은 2015년 11월 14일 경찰의 물대포 살수에 쓰러져 2016년 9월 25일에 세상을 떠난 고(故) 백남기 농민을 지시하는 이미지라고 할 수도 있겠다. 앞의 구절은 동물에 대해 말하지만 동물의 인간성("눈물")을 생각하게 만들고, 뒤의 구절은 인간에 대해 말하지만 폭력 앞에 노출된 인간의 동물성("죽은 물고기")을 생각하게 만든다고 대조적으로 말해볼 수도 있겠다. 공통점은 두 작품 모두 고통받는 피조물의 모습을 보고하고 있다는 것이다. 이 시인에게 '고통받는 생명'의 신체적 등가물은 (위에서 밑줄 쳐 강조한 바대로) '등'인 것 같다. 등 돌린 생명체를 공격하는 일이 왜 끔찍한지에 대해서는 여러 가지 설명이 가능할 것이다. 등을 공격할 때 가해자는 피해자의 얼굴을 보지 않아도 된다. 피해자가 가해자에게 제 고통을

---

2) 밀란 쿤데라의 요약을 따르면 이렇다. "튜랭의 한 호텔에서 나오는 니체. 그는 말과 그 말을 채찍으로 때리는 마부를 보았다. 니체는 말에게 다가가 마부가 보는 앞에서 말의 목을 껴안더니 울음을 터뜨렸다." (『참을 수 없는 존재의 가벼움』, 이재룡 옮김, 민음사, 1999, 329쪽)

시각적으로 보여주며 저항할 수 있는 최후의 수단인 표정, 참혹하게 일그러져 있을 그 표정마저도 보지 않겠다는 것이기 때문에 그 태도는 잔혹하다. 그렇게 고통을 당하는 피조물의 표정을 신철규는 이렇게 묘사하기도 한다.

> 파도가 덮치기 전에 아이들은 모래의 집을 허문다
> 자신들의 손바닥과 발바닥으로 지은 집을
>
> 아이들은 파도에 손을 씻고 집으로 돌아간다
> 시멘트처럼 굳은 표정으로
> 금방이라도 쩍쩍 갈라질 것 같은 얼굴로
> ─「모래의 집」 부분

시인은 "시멘트처럼 굳은 표정" 혹은 "쩍쩍 갈라질 것 같은 얼굴"이라고 적었다. 채찍이나 물대포와는 또다른 폭력이 여기에 있다. 그 폭력의 이름을 '절망'이라고 해야 하겠다. 파도가 제집을 덮치기 전에 스스로 그 집을 무너뜨리는 아이들이다. 더 큰 고통을 피하기 위해 스스로 자신에게 고통을 준다는 것, 그러니까 세계가 나를 무너뜨리기 전에 내가 미리 나를 무너뜨린다는 것. 세계의 폭력으로 제집을 잃을 수도 있겠다는 생각이 들 때 제 손으로 그것을 허물어뜨려야 하는 마음이란 어떤 것인가. 이 아이들은 어떻게 벌써 그런 방법을 배웠는가. 그런 아이들이 바로 이런 얼

굴을 하게 되리라. 시멘트처럼 굳어 있어 곧 갈라질 것 같
은, 그런 얼굴. 절망보다 더 절망적인, 완벽한 절망, 나는 그
런 것을 생각한다. 그것에 새 이름을 줄 필요는 없다. 단테
가 바로 그것에다 '지옥'이라는 이름을 붙여놓았기 때문이
다. 지옥이 지옥인 것은 그곳에 어떠한 희망도 존재하지 않
기 때문이라고 그가 말하지 않았던가. 다음에서 보듯 신철
규가 그토록 자주 천국과 지옥을 말하는 것은 한낱 습관이
아닐 것이다.

　　벚꽃을 머리에 이고 놀이공원 정문 앞에서 차례를 기다
　리는 사람들
　　입구를 노려본다
　　저 너머가 천국인지 지옥인지
　　　　　　　　　　　—「성난 얼굴로 돌아보라」 부분

　　여기는 천국입니까 지옥입니까
　　당신은 괴물입니까 나는 인간입니까
　　우리와 세계는 한통속입니까
　　　　　　　　　　　—「밤의 드라큘라」 부분

　　울어라, 울어라, 울어라
　　이 버스가 눈물로 넘칠 때까지
　　지옥은 천국보다 한 평이라도 더 넓을 것이다

　가끔 어떤 사람에게는 이 세계가 천국처럼 느껴질 때도 있
으리라. 그러나 시인은 어떤 경우에도 이 세계를 천국이라
고 말해서는 안 된다. 지금 고통 속에 있는 사람이 단 한 명
이라도 있는 한 말이다. (그리고 그 한 명은 언제나 있다.)
그렇다는 것을 나는 어슐러 K. 르 귄의 소설「오멜라스를 떠
나는 사람들」(1973)로부터, 더 거슬러올라가면 르 귄이 인
용한 윌리엄 제임스로부터 배웠다.[3] 그렇다고 이곳이 지옥
이라고 말할 수도 없다. 희망이 없어 보이는 사람에게, 당신
에게는 희망이 없다고 말할 권리가 우리에게는 주어져 있지
않기 때문이다. 당사자에게 없지 않았던 희망이, 바로 타인
에게 그런 말을 듣는 순간 완전히 사라질 수 있으므로. 그러
므로 한낱 인간이 천국이니 지옥이니 하는 말을 함부로 쓰
는 것은 위험한 일이다. 위에서 인용한 시인의 문장들이 모

---

3) "또는 푸리에, 벨라미, 모리스가 생각했던 낙원을 능가하는 낙원이
우리에게 제공된다면, 그리고 어느 외딴곳에서 길 잃은 한 영혼만 고통
을 당하면 그 낙원에 있는 수백만 명이 영원히 행복하게 살 수도 있다
고 가정한다면, 설사 그런 식으로 제공되는 행복을 붙잡고 싶은 충동이
우리 안에 인다 할지라도 그러한 거래의 열매를 자신의 의지로 받아들
여 얻은 행복이 얼마나 추잡한가를 스스로가 명확히 느끼는 것 말고 다
른 무엇을 느낄 수 있을까?" 윌리엄 제임스,「도덕철학자와 도덕적 삶」.
이 글은 국역본『실용주의』(정해창 옮김, 아카넷, 2008)에 수록돼 있으
나, 여기서는 어슐러 K. 르 귄,『바람의 열두 방향』(최용준 옮김, 시공
사, 2014), 452쪽에서 재인용.

두 질문 혹은 추측의 형식으로 돼 있는 것은 그래서일 것이
다. 그러나 그럼에도 유혹을 느낄 때가 있다. 부주의하게도
이 세계를 천국이라 말하는 자들에게는, 아니 여기는 지옥
이야, 라고 말하고 싶어지는 것이다.

　밤하늘은 별의 공동묘지
　이 별에는 어떤 묘비명이 새겨질까
　　　　　　　　　　　　　　　—「생각의 위로」부분

　세계는 피의 정원
　권총을 장미로 장식한다고 해서 총구에서 꽃이 피는 것
　은 아니다
　　　　　　　　　　　　　　　—「권총과 장미」부분

　이 시인이 이처럼 단호하게 말하는 순간은 많지 않다. "밤
하늘은 별의 공동묘지"일 뿐이고, "세계는 피의 정원"일 뿐
이라니, 지상이든 천상이든 죽음만이 존재할 뿐이라는 뜻 아
닌가. 나는 이런 결연한 단언들 앞에서, 앞서 내가 "과거의
혹은 미래의 자신에게 관대해지려는 마음을 스스로 이겨내
기 위해 자기 자아 중 하나를 공개 처형한"것이라고 읽은 그
의 당선 소감과 그 결벽증적 자기 제어를 다시 떠올린다. 평
범한 사람들에게는 아주 작은 행복이 허락될 때가 있기 마
련인데, 그럴 때 우리는 여기가 천국이라고 망발을 하지는

않더라도, 내 행복을 음미하느라 그만 부주의해져서는, 이 곳이 '오멜라스'라는 사실을 잠시 잊기도 하는 것이다. 이 시인은 마치 그런 자신에게 선제공격을 하기라도 하듯 저런 표현을 사용한 것일까. 언젠가 자신이 이 세계를 천국이라 고 말하는 실수를 막기 위해 가장 단호한 부정의 표현을 미 리 써버리기. 그렇다면 언제나 누군가는 고통받는 이 세계 에서 우리가 할 수 있는 일은 무엇인가. 이것만이라고 말할 수는 없겠지만 이 시인이 자주 택하는 것은 다음 두 가지다. 기도하기 그리고 울기.

  a) 빌딩 유리로 돌진하는 여객기를 본 사람들은
  어떤 표정을 지었을까
  손톱이 손등을 파고들 만큼 간절한 기도도
  팔을 날개로 바꾸지는 못했다
  깃털과 돌멩이와 인간은 다른 속도로 낙하했다
                    ―「구급차가 구급차를」 부분

  b) 우리의 기도는 바늘처럼 날카롭다
  온몸이 바늘로 덮인 하느님
  불에 탄 시체들이 하느님 주위에 스크럼을 짜고 있다
                    ―「No surprises」 부분

  c) 위로받아야 할 사람과 위로할 사람이 한 사람이라면

우리에게 남은 것은 기도밖에 없는 것인가

—「검은 방」 부분

d) 다른 시간을 가리키고 있던
시계방에 걸린 수많은 시계들이 한꺼번에 울린다
우리가 한꺼번에 울면 해수면이 조금은 올라가겠지

—「바벨」 부분

e)   지구의 모든 인간이
                남반구와 북반구의 모든 인간이
                한꺼번에 비명을 지른다면
             우리는 모두 귀머거리가 되고 말 거야

—「어둠의 진화」 부분

f) 우리가 평생 동안 흘릴 눈물을 모은다면
몸피보다 더 큰 물방울이 눈앞에 서 있을 거야.

—「무지개가 뜨는 동안」 부분

그는 아무리 절박한 기도라도 팔을 날개로 바꿀 수는 없다
는 사실에 절망하고(a), 인간에게는 기도가 필요한 때가 왜
이토록 많은가를 생각하며 온몸이 바늘 같은 기도에 꽂힌
하느님을 상상하기도 하고(b), 인간이 최후의 순간에 기댈
수 있는 유일한 방편이 기도일 뿐이라는 사실에 슬퍼하기도

한다(c). 기도에 대해 말할 때 그의 표현들이 이처럼 생생해지고 절박해지는 것은 특기할 만한데 어쩌면 그는 '기도한다'라고 쓸 때 자신이 가장 위선에서 멀리 떨어져 있다고 느끼는 것일까. 기도에 대해서도 그렇지만, 울음에 대해서 말할 때 이 시인은 더 인상적인 표현들에 도달한다. (d), (e), (f)에 공통적인 것은 다음과 같은 발상이다. '세상 모든 사람들이 한꺼번에 눈물을 흘린다면? 지구의 모든 사람이 한꺼번에 비명을 지른다면? 우리가 평생 흘릴 눈물을 모을 수 있다면?' 이것을 '총합의 상상력'이라고 해야 할까. 왜 이런 상상이 불가피했던 것인지는 충분히 이해할 수 있다. 천사가 보기에 이 세상에는 슬픔이 어디에나 언제나 있기 때문이다. 그런데 단 한 사람의 슬픔에는 세상이 눈 하나 깜짝하지 않기 때문이다. 그러니 언제 어디에나 있어 영원히 닳지도 않을 것 같은 그 많은 슬픔을 모두 모아 이 세계와 맞설 수는 없을까 하는 상상에까지 이르렀으리라. 이와 같은 기도와 울음이 신철규 시의 근원적 형식이기 때문에 그는 2011년 1월 1일 이후 이미 시인이었지만 2014년 4월 16일에 한번 더 시인이 되어야만 했다.

3. 주제론 : 세월호를 위한 세 편의 시

'세월호'라는 배 이름에 쓰인 글자가 '세월(歲月)'이 아니라 '세월(世越)'이라는 것을 안 것은 한참 후의 일이다. 세월(世越)이라니, 사전에도 없고 문법적으로도 틀렸다. 지금은 이 세상 사람이 아닌 '구원파'의 리더는 제가 생각하는 그 구원이라는 것을 얻기 위해 '세상을 초월하자'고 말하고 싶었던 모양이지만, 아이러니하게도 그 배는 304명을 구원이 아니라 사망에 이르게 하였고 그들의 가족을 끝내 초월되지 않을 지옥과도 같은 고통에 빠뜨렸다. 이런 일이 있을 때마다 우리는 죄 없는 사람들이 죽어갈 때 신은 어디에서 무엇을 하고 있었는지 묻게 된다. 그리고 저 유명한 에피쿠로스의 명제들을 다시 떠올린다. '그런 일을 막을 능력이 없거나 혹은 의지가 없다면, 그 무능하거나 악한 존재를 왜 신이라고 불러야 하는가? 신은 없거나, 있더라도 믿을 가치가 없다.' 이 절망적인 상황 인식을 극복하는 한 가지 방법은 오래된 신정론(神正論, theodicy)에 의지하는 것이다. '내게 주어진 고난조차도 섭리의 한 방편이니 그것이 나를 더 깊은 곳으로 데려가 궁극적으로 구원하리로다.'

그와 같은 길을 택할 수밖에 없는 경우가 있을 것이다. 택한다기보다는 차라리 택해진다고 말하는 것이 옳으리라. 여러 경우의 수를 놓고 선택하는 상황이 아닌 것이다. 그렇게라도 결국 신에게 의지하지 않으면 지옥 같은 현실에서 단 한순간도 더는 살아갈 수 없을 테니 말이다. 그러나 끝내 그 어떤 종교적 구원의 길에 의해서도 '택해지지' 않은 사람은 그 현실을 자력으로 이겨낼 수밖에 없다. 구원파의 말마따

나 '세월(世越)할 수 있으면' 좋겠지만 그럴 수 없는 사람들은 싸워야 한다. 바뀌지 않는 현실과도 싸우고, 납득할 수 없는 사실들과도 싸우고, 제 존재가 무의미하다는 느낌과도 싸워야 한다. 철학자 김진석의 개념을 맥락의 차이를 무릅쓰고 빌리자면, 초월(超越, 뛰어넘어감)이 아니라 포월(匍越, 기어넘어감)이 필요할 수밖에 없는 상황이다. 재난의 시기에 시인이 바로 그들 곁에 선다. 애초 천사의 눈으로 세상에 참여하고 있었던 시인이라면 더더욱 그럴 수밖에 없었으리라. 신철규의 '세월호 시편'(물론 내 짐작일 뿐이지만) 중에서 세 편을 골랐다. 이번 시집을 통틀어 가장 뛰어난 세 편이기도 하다.

　　슬픔의 과적 때문에 우리는 가라앉았다
　　슬픔이 한쪽으로 치우쳐 이 세계는 비틀거렸다

　　신의 이름을 부르고 싶었지만 그것이 일반명사인지 고유명사인지 알 수 없어 포기했다
　　기도를 하던 두 손엔 검은 물이 가득 고였다

　　가만히 있으면 죽는다
　　최대한 가만히 있으려고 할수록 몸에 힘이 들어갔다
　　나는 딱딱해지고 있었다

해변에 맨발로 서 있던 유가족
맨살로 닿을 수 없는 거리가 그들을 얼어붙게 만들었다
죽을 때까지 악몽을 꾸어야 하는 사람들의 뒷모습
학살은 모든 사람들이 동시에 꾸는 악몽 같은 것

손가락과 발가락까지 피가 돌지 않고
눈이 심장과 바로 연결된 것처럼 쿵쾅거렸다

모든 것이 가만히 있는 곳이 지옥이다
꽃도 나무도 시들지 않고 살아 있는 곳
별이 움직이지 않고 가만히 멈춰서 못처럼 박혀 있는 곳
죽은 마음, 죽은 손가락, 죽은 눈동자

위로받아야 할 사람과 위로할 사람이 한 사람이라면
우리에게 남은 것은 기도밖에 없는 것인가

우리는 떠올라야 한다
우리는 기어올라야 한다
누구도 우리를 끌어올리지 않는다

가을이 멀었는데 온통 국화다
가을이 지난 지가 언젠데 국화 향이 이 세계를 덮고 있다
컴컴한 방에 검은 비닐봉지를 쓰고 앉아 있는 것처럼

숨이 막힌다
꿈속에서도 공기가 희박했다

해변은 제단이 되었다
바다 가운데 강철로 된 검은 허파가 떠 있었다
—「검은 방」전문

첫 구절부터 멈추게 만든다. "슬픔의 과적 때문에 우리는 가라앉았다". 이 시의 "우리는"은 누구일까. 세월호에 타고 있던 희생자들인가, 아니면 속수무책으로 참사를 지켜볼 수밖에 없었던 이들인가. 2, 3연을 보면 이들은 가라앉는 순간에 신의 이름을 부르려다 포기한, 가만히 있으라는 지시를 따르다 죽어간 이들이므로 희생자로 보인다. 그렇다면 첫 구절은 이런 뜻이 된다. 사고의 원인 자체는 다른 데 있었다 하더라도 배가 가라앉은 건 다름아닌 "슬픔의 과적" 때문이었다고, 배가 기울기 시작한 그 시각부터 승객들은 간절히 구조를 기다렸으나 물이 들어오는 배 안에서 결국 버려졌다는 것을 깨달았을 때 그 슬픔이 너무나 거대했으므로 그 무게로 배는 가라앉은 것이라고. 그런데 4연에 "유가족"이라는 호칭이 나오고 아무래도 희생자들이 제 가족을 그렇게 부르지는 않을 것이니 "우리"는 희생자도 아니고 유가족도 아닌 제3자, 그야말로 우리인 것 같기도 하다. 그렇다면 시의 첫 구절은 그날 배가 침몰했던 것처럼 우리가 서 있던 이

세계도 슬픔으로 침몰했다는 뜻으로 읽어야 하리라. 시간이
흐르면서 불행하게도 참사를 대하는 사람들의 태도가 갈라
지기 시작했는데 "슬픔이 한쪽으로 치우쳐"라는 말은 바로
그 상황을 지칭하는 것이라고 볼 수도 있겠다.

　이렇게 두 가지 방식으로 읽어볼 수 있는 것은 불확실한 데
가 있기 때문인데, 이를 애매하다고 표현하기보다는 애초에
시인이 그 둘을 구별되지 않도록 썼기 때문이라고 하는 편이
맞을 것이다. 아니, 구별되지 않도록 썼다는 설명은 너무 '자
각적'이고, 더 정확히는 이 시를 쓸 때 시인은 배 안과 배 밖
을 오가는 존재였다고, 혹은 양쪽 장소 모두에 동시에 존재
하는 어떤 상태였다고 하는 편이 낫겠다. 실상 배 안에 있었
던 수백 명과 밖에 있었던 수천만 명은 모두 함께 기도했고
결국 함께 어딘가로 가라앉아버렸다고 해도 틀린 말이 아니
다. 이렇게 배 안팎을 구별 불가능하게 만드는 발화들이 이
시의 포인트 중 하나다. "가만히 있으면 죽는다"(3연)에서
부터 "우리는 떠올라야 한다"(8연)에 이르기까지, 이 문장
들이 누구의 말인지는 불분명한데, 한 걸음 더 나아가 말하
자면, 그것들은 분명해질 필요가 없는 말이다. "우리는 떠
올라야 한다/ 우리는 기어올라야 한다/ 누구도 우리를 끌어
올리지 않는다"라는 간구의 주체가 누구인지를 따지는 것
이 무슨 의미가 있겠는가. 배 안에 타고 있던 이들이 죽을
때 우리 안의 그 무엇도 함께 죽었으며, 반대로, 우리가 끝
까지 포기하지 않고 진실을 위해 싸우는 한 그들도 살아 있

는 것이기 때문이다.

그 밖에도 말해야 할 것들이 많다. "모든 것이 가만히 있는 곳이 지옥이다"라는 구절은 침몰 당시의 부조리한 명령('가만히 있으라')에 대한 격렬한 사후 반박으로서, 또 "위로받아야 할 사람과 위로할 사람이 한 사람이라면/ 우리에게 남은 것은 기도밖에 없는 것인가"라는 구절은 참사 이후 오히려 유가족을 백안시한 일부 여론에 대한 고통스러운 항의로서 음미될 수 있겠다. '검은 방'이라는 제목 그대로 이 시를 지배하는 검은색에 대해서도 말해야 하리라. 9연에서 화자는 "컴컴한 방에 검은 비닐봉지를 쓰고 앉아 있는 것" 같다고 호소하는데, '검은 방 속에 있는 검은 봉지 속에' 있는 상황은 그야말로 이중의 감금 상태다. 실로 참사 이후의 시간은 그 자체가 또 하나의 참사라고 해야 할 만큼 비정한 권력의 방해 및 탄압과 맞서야 하는 시간이었으므로 그 것은 이미 검은 방에 갇힌 사람들에게 검은 비닐봉지를 씌운 것이나 마찬가지인 상황이었다. 이 검은색은 마지막 구절의 "강철로 된 검은 허파"에까지 이른다. 그것은 2014년 4월 16일에 혹은 그 이후에 멈춘 304명의 심장이면서, 우리의 기억 속에는 앞으로도 언제나 그 자리에 있게 될 거대한 죽음의 표상으로서의 세월호다.[4] 그러나 앞에서 이미 말한 대로, 희망이 없어 보이는 상황을 인식하는 것과 희망이 없다고 선언해버리는 일은 같은 것이 아니다. 희망을 만들기 위한 안간힘으로, 다시 "우리는"을 주어로 한 시가 쓰였다.

우리는 마음에 부목을 대고 굳은 무릎으로 여기에 왔다
목소리 위에 목소리가 쌓인다
우리는 각자의 목에 돌을 하나씩 매달고
목소리의 탑을 쌓는다

다른 시간을 가리키고 있던
시계방에 걸린 수많은 시계들이 한꺼번에 울린다
우리가 한꺼번에 울면 해수면이 조금은 올라가겠지

우리의 목소리는 쌓이면서 아래로 가라앉는다
우리의 탑은 하늘을 향해 자라는 것이 아니라 지하를 향
해 깊어지는 것이었다

젖은 영혼들이 물의 계단을 밟고 걸어올라온다
어두운 나선의 계단을 딛고 올라오는, 일렁이는 촛불

---

4) 이 특별하고 인상적인 이미지는 문학사적 비교 대상이 될 수도 있을
것이다. 이육사의 "강철로 된 무지개"(「절정」)가 지금도 여전히 인상적
인 것은 '강철'과 '하늘'과 '무지개'의 질료적 충돌 효과가 강렬하기 때
문일 텐데, 신철규의 "강철로 된 검은 허파" 역시 '강철'의 검음과 '바
다'의 푸름과 '허파'의 붉음이 한데 엉켜 있어 이토록 강렬해졌다. 물론
이육사의 '강철'이 극한의 상황에서 오히려 견고해지는 역설적 희망의
질료라면, 신철규의 '강철'은 한줌의 역설적 희망도 없어 보이는 상황의
완강함을 생각하게 하는 질료라는 차이점도 지적해야 하겠지만 말이다.

의 빛무리
　　귓속에 검은 물이 들어차고
　　우리는 목소리의 동굴이 되어간다

　　망원경으로 적국의 시가지가 폭격당하는 것을 지켜보
던 이스라엘 시민들
　　그들에게 시온은 얼마나 튼튼한 요새인가 우리의 심장은
　　파쇄기에 갈아버린 공문서처럼 조각난다
　　부서진 빛들이 노래가 되고
　　부서진 울음들이 물비늘이 된다

　　우리는 목에 더 무거워진 돌을 매달고 흩어진다
　　다른 말과 다른 낱말을 가지고 다시 여기에 모이기 위해
　　　　　　　　　　　　　　　　　　　　—「바벨」 부분

　우리가 알고 있다시피 구약성경 '바벨'(창세기, 11장) 이
야기의 내용은 이렇다. 한곳에 정착하려던 인간 무리가 도
시를 건설하는 와중에 급기야 하늘에까지 이르는 탑을 쌓음
으로써 신의 노여움을 샀고, 이에 신이 무리의 언어를 서로
혼잡하게 만들어 응징하였던지라 인간들의 도시 건설은 중
단되고 뿔뿔이 흩어지고 말았다는 것이다. 대개의 신화들에
는 두 가지 요소가 담겨 있는데, 인과적 설명('지금 존재하
는 것들은 왜 이렇게 존재하는가?')과 고대적 교훈('상 혹은

벌을 받기 위해서는 무엇을 하고 하지 말아야 하는가?')이
그것이다. 이 이야기에도 역시 왜 지구상에 이토록 다양한
언어들이 존재하는가에 대한 설명과 감히 신의 권위에 도전
해서는 안 된다는 교훈이 함께 담겨 있다. 그러나 얼마든지
달리 읽을 수도 있으며 심지어 이렇게 거꾸로 읽을 수도 있
다. '인간의 언어가 하나로 모일 때에만 그 힘은 하늘에까지
닿을 수 있다.' 그러니 지금 사람들이 다시 같은 언어를 사
용한다면 하늘에 닿을 수 있지 않겠는가?

　나는 신철규의 위 시가 바로 이와 같은 발상에서 출발한
것이 아닌가 짐작한다. 마음에 부목을 댄 사람들이, 그러니
까 마음이 부서져버린 사람들이 한곳으로 모여든다. 그들이
한목소리로 무언가를 말한다. "목소리 위에 목소리가 쌓인
다". 즉 이들은 "목소리의 탑"을 쌓고 있다. 이 순간을 가
리켜 시인은 다른 시간을 가리키던 시계가 한꺼번에 울리
는 것 같다고 적었다. 각자 다른 곳에서 다른 시간을 살아
가던 사람들이 지금 이곳에서 하나의 시간을 살고 있다는
것이다. 그러니까 최근에 마음이 부서진 이들이, 지금, 무
언가를, 신이 응답하지 않을 수 없을 만큼 간절하게 한마음
으로 원하고 있다. 무엇을? 여기에서 이 시는 뜻밖의 상상
력으로 그 물음에 답한다. "우리의 목소리는 쌓이면서 아래
로 가라앉는다/ 우리의 탑은 하늘을 향해 자라는 것이 아니
라 지하를 향해 깊어지는 것이었다". 각자의 목에 돌을 하
나씩 매달자고 한 것도 그래서다. 우리의 목소리가 깊은 곳

으로 가라앉아 쌓여야 하므로. 하늘을 향해 치솟는 탑이 아니라 지하로 깊어지는 탑이라니, 그것도 탑인가? 그렇다. 방향이 어디든, 염원을 '쌓아' 만드는 것이라면. 지하로 내려가는 탑은 지하에 있는 이들에게는 계단이 될 것이다. 그 결과 이런 일이 벌어진다. "젖은 영혼들이 물의 계단을 밟고 걸어올라온다".

물론 이것은 희망일 뿐이지만 이 희망이 지난 3년 동안 우리에게는 너무나 간절했다. 이렇게 시인은 다시 세월호가 침몰한 그 바다 깊은 곳으로 우리를 데려간다. 그 옛날 사람들은 정착할 도시를 건설하겠다는 열망으로 하늘을 향해 바벨탑을 쌓았지만, 2014년 4월 16일 이래의 우리는 가라앉은 이들을 위해 바닷속으로 탑을 쌓아올렸다. 탑이 가능하기 위해서는 말이 하나로 모아져야 하는데 그때 우리는 같은 마음이었으므로 하나의 말을 사용했다고 말해도 좋으리라. 부디 구조되기를, 부디 살아 있기를, 부디 찾아지기를, 부디 온전하기를…… 그런 하나의 마음이 쌓이고 쌓여 계단이 되고, 그들이 그 계단을 걸어 가족에게 올 수 있었다면 얼마나 좋았을까. 이 시가 발표된 시점이 2014년 겨울이므로 이 '바벨의 계단'으로 구현된 소망은 속히 배가 인양되기를 바라는 것이었을지도 모르겠는데, 배가 인양되어 실종자들이 하나둘 돌아오는 지금 이 시를 읽는 우리 역시 여전히 계단을 쌓고 싶은 마음 간절한 이유는 아직도 지하 깊이 묻혀 있는 진실이 세상에 온전히 알려지지 않았기 때문이다.

그러므로 우리는 그 옛날의 시민들처럼 서로 다른 언어 속
으로 흩어져서는 안 된다. 만약 그럴 거라면, 오로지 "다시
여기에 모이기 위해"서만 그래야 한다. 아직 울고 있는 한
사람이 있기 때문이다.

십자가는 높은 곳에 있고
밤은 달을 거대한 숟가락으로 파먹는다

한 사람이 엎드려서 울고 있다

눈물이 땅속으로 스며드는 것을 막으려고
흐르는 눈물을 두 손으로 받고 있다

문득 뒤돌아보는 자의 얼굴이 하얗게 굳어갈 때
바닥 모를 슬픔이 눈부셔서 온몸이 허물어질 때

어떤 눈물은 너무 무거워서 엎드려 울 수밖에 없다

눈을 감으면 물에 불은 나무토막 하나가 눈 속을 떠다
닌다

신이 그의 등에 걸터앉아 있기라도 하듯
그의 허리는 펴지지 않는다

못 박힐 손과 발을 몸안으로 말아넣고
그는 돌처럼 단단한 눈물방울이 되어간다

밤은,
달이 뿔이 될 때까지 숟가락질을 멈추지 않는다
　　　　　　　　　　　　　　—「눈물의 중력」 전문

　지난 3년 동안, 울기를 그칠 수 없는 사람들이 있었고, 그
들을 지켜보며 함께 울 수밖에 없는 사람도 많았다. '운다'
라는 말이 시작과 끝이 있는 어떤 동작을 가리키는 동사가
아니라, 시작도 끝도 없는 어떤 상태를 가리키는 형용사처
럼 느껴지는 날들이었다. 그래서일 것이다. 울고 있는 사람
의 내면을 마치 근접 경호하듯 차분하고 절제된 진술로 품
어 안는 이 시는 발표 이후부터 매스컴을 통해 널리 알려져
어느새 이 시인의 대표작이 됐다. 첫 구절은 "첨탑이 저렇
게도 높은데 어떻게 올라갈 수 있을까요"(「십자가」)라며 고
뇌한 윤동주에 대한 오마주처럼 보이기도 하는데, 이 구절
의 인도로 우리의 눈길은 구원으로부터 그토록 멀리 떨어져
있는 한 '공간'에 머물게 된다. 이어지는 구절에서 '밤이 달
을 파먹는' 것과 같다고 표현한 것은 시간의 흐름 속에서 달
의 모양이 이지러지는 것을 말한 것일 테니, 이제 우리는 십
자가 아래 그 고립된 공간 위로 무의미한 '시간'이 속절없이

흐르는 장면을 눈으로 본 것이나 다름이 없다. 이렇게 시간과 공간이 세팅되었으니 이제 시의 눈은 우리가 마땅히 발견해야 할 누군가를 향해 초점을 맞춘다. "한 사람이 엎드려서 울고 있다".

저 "한 사람"은 왜 우는가? 이 시는 이 질문에 답할 생각이 없어 보인다. 우리가 경험한 비극이 콘텍스트로 존재하니까 굳이 설명할 필요가 없어서? 혹은 '왜'를 감히 설명할 수 있는 언어가 우리에게는 없어서? 둘 다일 것이다. 그 대신 '왜'가 아니라 '어떻게'에 집중한다는 것, 그런데 '어떻게'에 대한 설명이 결국 '왜'에 대한 답에까지 이른다는(혹은 왜에 대한 물음이 불필요해지는 곡진한 지점에까지 도달한다는) 점이 이 시의 특별함이다. 그는 어떻게 우는가? 첫째, 흐르는 눈물을 두 손에 받으며 운다. "눈물이 땅속으로 스며드는 것을 막으려고" 말이다. 스며들어 사라져서는 안 되기 때문에, 그 눈물이 집요하게 환기해내야 할 우리 모두의 숙제가 여전히 남아 있기 때문이다. 둘째, 그는 엎드려 운다. "어떤 눈물은 너무 무거워서 엎드려 울 수밖에" 없기 때문이다. (물론 '눈물의 중력'이라는 제목이 여기서 나왔다.) 눈물이 무거워지는 때는 "문득 뒤돌아보는 자의 얼굴이 하얗게 굳어갈 때"나 "바닥 모를 슬픔이 눈부셔서 온몸이 허물어질 때"다. 전자는 타인이 내 눈물에 공감하는 데 실패하는 순간의 고독을, 후자는 슬픔의 끝("바닥")이 보이지 않을 때의 절망을 말하는 것이리라.

그런데 정말 주목해야 할 것은 이 시가 우는 사람이 어떻게 우는지를 묘사하는 와중에 그 대상을 단지 우는 사람으로만 남겨두지 않는다는 점이다. 어떤 좋은 시는 대상을 묘사하면서 그 대상을 넘어서고 급기야 새롭게 창조한다. 엎드려 울기를 그치지 않는 이 사람은, 시인의 눈앞에서 혹은 시인의 눈을 통해서, 다른 그 무엇이 되어간다. "못 박힐 손과 발을 몸안으로 말아넣고/ 그는 돌처럼 단단한 눈물방울이 되어간다"라는 구절이 그렇다. 죄 없이 우는 사람들, 그들은 이 세계가 죄 없는 자의 눈물을 잔혹하게 요구한다는 사실을 자신의 눈물로 폭로하는 속죄양이므로, 예수 그리스도가 그러했듯이, 우리 시대의 십자가에 못 박히는 존재들이다. 그런 이들이 지금 "못 박힐 손과 발을 몸안으로 말아넣고", 그러니까 몸이 둥글어지면서, 그 무엇이 된다. 그 무엇을 가리켜 시인은 "돌처럼 단단한 눈물방울"이라고 했다. 흘러 없어지는 액성의 눈물이 아니라 돌처럼 단단한 광물성의 눈물, 세상에 던져져서 파문을 일으키고 벽을 무너뜨릴 그런 눈물 말이다. 이제 시의 마지막에 다시 나오는 '달의 숟가락질'은 도입부에서와는 달리 속절없이 무의미하게 흐르는 시간의 표상이 아니라 그 속에서 슬픔이 더욱 강하게 제련되는 어떤 시간의 표상처럼 보인다. 이렇게 시인은 이미지의 연금술로 이 세상의 슬픈 이들의 편에 서는 것이다.

4. 결론 : 돌처럼 단단한 눈물

그러므로 이제 이렇게 정리하려고 한다. 이 시집은 인간의 세상에 참여해 있는 천사의 눈으로 쓰인 것이다. 그 천사가 보기에 세상은 슬픔이다. ("지구만큼 슬펐다"라는 비유가 그런 인식에서 탄생한다.) 그 슬픔을 증언하기 위해 인간의 말을 배운 천사의 문장으로 쓰인 시들이다. 인간이 웬만큼 슬퍼하고 돌아설 때, 천사는 마지막 한 사람이 눈물을 그칠 때까지 운다. 슬픔을 이겨내는 무능력이 아니라 끝까지 슬퍼하는 능력. 그런 의미에서 "돌처럼 단단한 눈물방울"은 어쩌면 이번 시집 그 자체라고 해도 될 이미지가 아닐까. 눈물이 돌이 되게 하는 것은 그만 울어야겠다는 의지가 아니라 오히려 끝까지 울 수밖에 없는 슬픔의 깊이라고 이 시인은 말하지 않았던가. 이런 인식은, 울음을 그치지 못하는 이들에게 당신들의 울음은 무용한 것이 아니라고 말해주는 인식이면서, 동시에, 나도 당신과 함께 끝까지 울겠다고 다짐하는 인식이다. 이 시집이야말로 지난 몇 년 동안 눈물을 멈추지 못하고 끝까지 슬퍼한 자가 빚어낸, 돌처럼 단단한 눈물의 책이다. 그러고 보면 이 시인은 당선 소감에서 "언제나 아이처럼" 울겠다고 다짐한 적이 있다. 유독 진실하다 느껴지는 이 시집의 특별한 힘은 바로 자기 자신과의 약속을 지킨 사람에게만 허락되는 종류의 힘이라고 해야 할 것이다.

신철규 1980년 경남 거창에서 태어났다. 2011년 조선일보 신춘문예를 통해 등단했다.

— 문학동네시인선 096
지구만큼 슬펐다고 한다
ⓒ 신철규 2017

— 1판 1쇄 2017년 7월 27일
1판 18쇄 2024년 9월 2일

지은이 | 신철규
책임편집 | 김민정
편집 | 김필균 도한나
디자인 | 수류산방(樹流山房) 본문 디자인 | 유현아
저작권 | 박지영 형소진 최은진 오서영
마케팅 | 정민호 서지화 한민아 이민경 안남영 왕지경 정경주 김수인 김혜원
　　　　김하연 김예진
브랜딩 | 함유지 함근아 박민재 김희숙 이송이 박다솔 조다현 정승민 배진성
제작 | 강신은 김동욱 이순호
제작처 | 영신사

펴낸곳 | (주)문학동네
펴낸이 | 김소영
출판등록 | 1993년 10월 22일 제2003-000045호
주소 | 10881 경기도 파주시 회동길 210
전자우편 | editor@munhak.com
대표전화 | 031) 955-8888 팩스 | 031) 955-8855
문의전화 | 031) 955-2696(마케팅), 031) 955-2678(편집)
문학동네카페 | http://cafe.naver.com/mhdn
인스타그램 | @munhakdongne 트위터 | @munhakdongne
북클럽문학동네 | http://bookclubmunhak.com

ISBN 978-89-546-4562-1 03810

* 이 책은 2011년도 서울문화재단의 문화예술창작지원금을 받았습니다.

잘못된 책은 구입하신 서점에서 교환해드립니다.
기타 교환 문의: 031) 955-2661, 3580

— www.munhak.com

문학동네